um caso de

Hercule Poirot

Publicado originalmente em 1972

Agatha Christie

Elefantes nunca esquecem

· TRADUÇÃO DE ·
Luisa Geisler

Rio de Janeiro, 2024

Título original: Elephants Can Remember
Copyright © 1972 Agatha Christie Limited. All rights reserved.
Copyright de tradução © 2021 por Harper*Collins* Brasil

AGATHA CHRISTIE, POIROT and the AC Monogram Logo are registered trademarks of Agatha Christie Limited in the UK and elsewhere. All rights reserved.

Todos os direitos desta publicação são reservados à Casa dos Livros Editora LTDA.

Nenhuma parte desta obra pode ser apropriada e estocada em sistema de banco de dados ou processo similar, em qualquer forma ou ameio, seja eletrônico, de fotocópia, gravação etc., sem a permissão do detentor do copyright.

Diretora editorial: *Raquel Cozer*

Gerente editorial: *Alice Mello*

Editor: *Ulisses Teixeira*

Copidesque: *Paula Di Carvalho*

Preparação de original: *Thaís Lima*

Revisão: *Marcela Ramos*

Design gráfico de capa e miolo: *Túlio Cerquize*

Produção de imagens: *Buendía Filmes*

Produção de Objetos: *Fernanda Teixeira e Yves Moura*

Fotografia: *Vinicius Brum*

Diagramação: *Abreu's System*

Dados Internacionais de Catalogação na Publicação (CIP)
(Câmara Brasileira do Livro, SP, Brasil)

Christie, Agatha, 1890-1976
  Elefantes nunca esquecem / Agatha Christie ; tradução Luisa Geisler. – 1. ed. – Rio de Janeiro, RJ : HarperCollins Brasil, 2021.

  Título original: Elephants can remember
  ISBN 978-65-5511-109-5

  1. Ficção de suspense 2. Ficção inglesa I. Título.

21-54388   CDD-823

Índices para catálogo sistemático:
1. Ficção de suspense : Literatura inglesa   823
Maria Alice Ferreira – Bibliotecária – CRB-8/7964

Os pontos de vista desta obra são de responsabilidade de seu autor, não refletindo necessariamente a posição da HarperCollins Brasil, da HarperCollins Publishers ou de sua equipe editorial.

HarperCollins Brasil é uma marca licenciada à Casa dos Livros Editora LTDA.
Todos os direitos reservados à Casa dos Livros Editora LTDA.
Rua da Quitanda, 86, sala 601A — Centro
Rio de Janeiro, RJ — CEP 20091-005
Tel.: (21) 3175-1030
www.harpercollins.com.br

Para Molly Myers,
em troca de muitas gentilezas

Sumário

Capítulo 1. Um almoço literário   **9**
Capítulo 2. A primeira menção a elefantes   **25**

Livro 1 – Elefantes

Capítulo 3. O guia da tia-avó Alice para o conhecimento   **43**
Capítulo 4. Celia   **53**
Capítulo 5. Pecados antigos têm sombras longas   **64**
Capítulo 6. Um velho amigo se lembra   **75**
Capítulo 7. De volta ao berçário   **86**
Capítulo 8. Mrs. Oliver ao trabalho   **95**
Capítulo 9. Resultados da investigação elefantina   **106**
Capítulo 10. Desmond   **120**

Livro 2 – Sombras longas

Capítulo 11. Superintendente Garroway e Poirot
    trocam figurinhas   **135**
Capítulo 12. Celia conhece Hercule Poirot   **140**
Capítulo 13. Mrs. Burton-Cox   **149**
Capítulo 14. Dr. Willoughby   **161**
Capítulo 15. Eugene e Rosentelle, Cabeleireiros
    e Esteticistas   **169**
Capítulo 16. Mr. Goby se reporta   **175**

Capítulo 17. Poirot anuncia sua partida **182**
Capítulo 18. Interlúdio **186**
Capítulo 19. Maddy e Zélie **188**
Capítulo 20. Tribunal de inquérito **201**

Capítulo 1

Um almoço literário

Mrs. Olivier se olhou no espelho. Lançou um breve olhar de esguelha para o relógio na cornija, que ela tinha noção de estar vinte minutos atrasado. Então, retornou a estudar seu *coiffure*. A questão com Mrs. Olivier era — e ela o admitia sem problema algum — que seus estilos de penteados estavam sempre mudando. Ela tentara quase tudo pelo menos uma vez. Um *pompadour* severo em dado momento, então um estilo descabelado no qual se escovava os cachos para trás a fim de revelar uma testa de ares intelectuais, ou ao menos ela esperava que tivesse ares intelectuais. Ela tentara cachos perfeitamente arrumados e uma espécie de bagunça artística. Precisava admitir que naquele dia não importava muito qual seria seu penteado, porque faria algo raro: usaria um chapéu.

Na estante superior do armário de Mrs. Oliver repousavam quatro chapéus. Um era definitivamente reservado para casamentos. Quando se ia a casamentos, um chapéu dava um toque final no visual. Mesmo para tais ocasiões, Mrs. Oliver tinha dois. Um, em uma chapeleira redonda, era de plumas. Ele ficava justo na cabeça e aguentava muito bem pancadas de chuva súbitas que poderiam pegar de surpresa quem passava de um carro para o interior do edifício sagrado, ou para, como era tão frequente nos últimos tempos, o cartório.

O outro chapéu, mais elaborado, era com certeza para um casamento em um sábado à tarde no verão. Tinha flores e chiffon, coberto por uma redinha amarela presa com fita de cetim.

Os outros dois chapéus na estante tinham um caráter um pouco mais multifuncional. Um era o que Mrs. Oliver chamava de seu "chapéu de casa no campo", feito de um feltro marrom-claro que se adequava a conjuntos de tweed de quase qualquer estampa, com uma aba bonita que se podia levantar ou baixar.

Mrs. Oliver tinha um pulôver de caxemira para se esquentar e um mais fino para dias mais quentes, ambos com cores adequadas para combinações. No entanto, apesar de usar os pulôveres com frequência, o chapéu estava praticamente intocado. Afinal, de fato, por que se usar um chapéu só para ir ao interior almoçar com amigos?

O quarto chapéu era o mais caro da coleção e tinha durabilidade extraordinária. Possivelmente, pensava Mrs. Oliver às vezes, por ser tão caro. Era uma espécie de turbante com variadas camadas de veludos contrastantes, todas de uma paleta pastel que combinaria com qualquer peça.

Mrs. Oliver pausou em dúvida, então chamou assistência.

— Maria — disse ela, então mais alto: — Maria. Venha aqui um instante.

Maria entrou. Estava acostumada a ouvir pedidos de conselhos em relação ao que Mrs. Oliver planejava vestir.

— Vai usar o seu belo chapéu elegante, é? — perguntou Maria.

— Sim — respondeu Mrs. Oliver. — Queria saber se você acha que fica melhor desta forma ou da outra.

Maria deu um passo para trás e deu uma olhada.

— Bem, a senhora está usando a parte de trás na frente agora, não?

— Sim, eu sei — disse Mrs. Oliver. — Sei disso muito bem. Mas achei que, de alguma forma, ficava melhor assim.

— Ah, por que ficaria?

— Bem, é algo determinado, imagino. Mas tem que ser determinado por mim assim como pela loja que vendeu o chapéu — disse Mrs. Oliver.

— Por que a senhora acha que é melhor do jeito contrário?

— Porque desse lado tem esse belo tom de azul e o castanho, e acho mais bonito do que o outro, que é verde com vermelho e chocolate.

Nesse momento, Mrs. Oliver tirou o chapéu, colocou-o de novo para trás, depois para a frente e para o lado, que tanto ela quanto Maria desaprovaram.

— Você não pode usar dessa forma mais larga. Quer dizer, não é para o formato de seu rosto, é? Não é para o formato do rosto de ninguém.

— Não é. Não vai funcionar. Acho que vou usar com a frente correta, no fim das contas.

— Bem, acho que é sempre mais seguro — concordou Maria.

Mrs. Oliver tirou o chapéu. Maria a ajudou a colocar um vestido fino e ajustado de lã em um delicado tom de vinho-escuro e a ajudou a ajeitar o chapéu.

— A senhora está elegantíssima — elogiou Maria.

Era disso que Mrs. Oliver gostava tanto em Maria. Se tivesse a menor oportunidade, ela sempre aprovava e elogiava.

— Vai fazer um discurso no almoço, é? — perguntou Maria.

— Um discurso! — Mrs. Oliver soou horrorizada. — Não, é claro que não. Você sabe que nunca faço discursos.

— Bem, pensei que sempre davam discursos nesses almoços literários por aqui. É esse o evento, não é? Autores famosos de 1973... ou seja lá qual for o ano da vez.

— Não preciso fazer um discurso — disse Mrs. Oliver. — Diversas pessoas que *gostam* de discursar o farão, e elas são muito melhores do que eu seria.

— Tenho certeza de que a senhora faria um discurso adorável se quisesse — incentivou Maria, provocadora.

— Não, é melhor não — afirmou Mrs. Oliver. — Sei do que sou capaz e do que não sou. Não sei fazer discursos. Fico toda nervosa e preocupada, e provavelmente gaguejaria ou me repetiria. Não apenas me sentiria boba, mas provavelmente faria papel de boba. Veja bem, as palavras não são o problema. Posso escrevê-las no papel ou falar numa máquina ou ditar. Sei lidar com palavras desde que saiba que não estou escrevendo um discurso.

— Ah, bem. Espero que tudo dê certo. Mas tenho certeza de que dará. Um almoço bastante grandioso, não é?

— Sim — disse Mrs. Oliver, em uma voz profundamente deprimida. — Um almoço bastante grandioso.

E por que, ela pensou mas não disse, por que diabos estou indo a ele? Revirou um pouco a mente porque sempre gostava de saber o que estava fazendo em vez de fazer primeiro e se perguntar depois por que fizera.

— Imagino... — disse ela, de novo para si mesma e não para Maria, que precisara voltar à cozinha com bastante pressa, convocada pelo cheiro da geleia transbordante que acabara deixando no fogão. — Eu queria ver como seria. Estão sempre me convidando para almoços literários ou alguma coisa assim, e nunca vou.

Mrs. Oliver chegou ao último prato do almoço grandioso com um suspiro satisfeito enquanto brincava com os restos de merengue no prato. Ela tinha um apreço particular por merengues, e aquela era a deliciosa sobremesa de um almoço muito delicioso. Ainda assim, quando se chegava à meia-idade, era importante tomar cuidado com merengues. Os dentes! Não estavam nada mal, tinham a grande vantagem de não doerem, serem brancos e de aparência bastante agradável... praticamente como dentes reais. Mas, verdade seja dita, *não* eram dentes reais. E dentes que não eram reais — ou assim acreditava Mrs. Oliver — não eram de fato de material de alta qualidade. Cães, pelo que ela sabia, tinham dentes de marfim real, mas seres humanos tinham dentes feitos apenas de ossos. Ou, supôs, de plástico, se fossem dentes falsos. De qualquer forma, o mais importante era não cair nas situações embaraçosas que dentes falsos poderiam causar. Alfaces eram uma dificuldade, além de amêndoas salgadas, e coisas como chocolates com recheios mais duros, caramelos grudentos e a deliciosa viscosidade e aderência dos merengues. Com um suspiro de satisfação, ela deu a última bocada. Havia sido um bom almoço, um excelente almoço.

Mrs. Oliver gostava dos pequenos prazeres mundanos. Apreciara muito o almoço. Apreciara a companhia também. O almoço, organizado em homenagem a autoras célebres, felizmente não fora exclusivo para mulheres. Houve outros escritores, além de críticos e pessoas que liam e escreviam livros. Mrs. Oliver havia se sentado entre dois membros do sexo masculino bastante charmosos. Edwin Aubyn, cuja poesia ela sempre apreciara, uma pessoa extremamente divertida que passara por diversas experiências divertidas em suas viagens ao exterior, inclusive diversas aventuras literárias e pessoais. Além disso, ele se interessava por restaurantes e comida, e os dois haviam falado com muita animação sobre comida e deixado a literatura de lado.

Sir Wesley Kent, do outro lado, também fora uma companhia agradável. Ele tecera comentários muito gentis sobre os livros dela e tivera o tato de usar palavras que não a envergonharam, o que muitas pessoas conseguiam fazer quase sem esforço. Ele mencionara um ou dois motivos por ter gostado de um ou dois de seus livros, e foram os motivos corretos, de forma que Mrs. Oliver o julgara favoravelmente. Elogios de homens, pensou Mrs. Oliver consigo mesma, são sempre aceitáveis. Eram as mulheres as efusivas. Algumas das coisas que mulheres escreviam para ela! Realmente! Nem sempre mulheres, é claro. Às vezes, rapazes emotivos de países muito distantes. Justo na semana anterior, ela recebera uma carta de um fã, que começava com: "Ao ler seu livro, senti que mulher nobre a senhora deve ser." Depois de ler *O segundo peixe-dourado*, ele mergulhara em um tipo intenso de êxtase literário que era, na percepção de Mrs. Oliver, completamente inadequado. Ela não era modesta demais. Achava que as histórias de detetive que escrevia eram bastante boas para seu gênero. Algumas não eram tão boas e outras eram muito melhores. Mas não havia motivo, até onde ela conseguia ver, para fazer qualquer um pensar que ela era uma mulher nobre. Ela era uma mulher de sorte que colocara em prática uma feliz habilidade para escrever o que muitas pessoas queriam ler. Muita sorte, era o que Mrs. Oliver pensava.

Ora, levando tudo em consideração, ela passara muito bem por toda aquela provação. Ela se divertira bastante, falara com algumas pessoas gentis. Agora chegara o momento em que o café era servido e os convidados podiam se levantar, mudar de companhia e conversar com outras pessoas. Esse era o momento de perigo, como Mrs. Oliver sabia tão bem. Era o momento em que outras mulheres viriam atacá-la. Atacá-la com elogios enfadonhos diante dos quais ela sempre se sentia lamentavelmente ineficiente para responder de forma correta porque não havia, de fato, respostas corretas a serem dadas. Funcionava, na realidade, como um guia de viagem para o exterior com as frases prontas.

Pergunta: "Eu *preciso* lhe dizer como gosto de ler seus livros e como os acho maravilhosos."

Resposta de uma autora sem jeito: "Ora, isso é muito gentil. Fico contente."

"Faz meses que espero para conhecê-la. É realmente fantástico."

"Ah, é muito gentil da sua parte. Muito gentil mesmo."

Seguiu bem dessa forma. Nenhuma das duas parecia saber falar a respeito de qualquer assunto de interesse externo. Tudo tinha que ser a respeito dos seus livros, ou os livros da outra mulher, se você os conhecesse. Estava em uma rede literária e não era boa nesse tipo de coisa. Algumas pessoas sabiam se virar, mas Mrs. Oliver estava amargamente ciente de que não era dotada da habilidade apropriada. Uma amiga estrangeira, durante uma estadia numa embaixada no exterior, lhe fornecera um tipo de curso.

"Eu escuto suas respostas", dissera Albertina em sua charmosa e grave voz estrangeira, "ouvi o que você falou àquele rapaz do jornal que a entrevistou. Você não tem... não! Você não tem o orgulho que deveria ter de seu trabalho. Deveria dizer: 'Sim, eu escrevo bem. Sou melhor do que qualquer autor de histórias de detetive.'"

"Mas eu não sou", respondera Mrs. Oliver. "Eu não sou ruim, mas..."

"Ah, não diga 'não sou' desse jeito. Você deve dizer que *é sim*; mesmo que não pense assim, você tem que *dizer*."

"Quisera eu, Albertina", falara Mrs. Oliver, "que você pudesse dar a entrevista para esses jornalistas que visitam. Você se sairia tão bem. Não pode se passar por mim um dia, e eu ficar ouvindo atrás da porta?"

"Sim, imagino que eu poderia. Seria bastante divertido. Mas eles saberiam que eu não sou você. Conhecem seu rosto. Mas você deve afirmar: 'Sim, sim, eu sei que sou melhor do que todos os outros.' Deve afirmar isso para todas as pessoas. Elas deveriam saber. Deveriam anunciar. Ah, sim... é terrível ouvir você falando como se estivesse *pedindo desculpas* pelo que é. Não deve ser assim."

Fora como, pensou Mrs. Oliver, se ela fosse uma jovem atriz em ascensão tentando aprender um papel, e o diretor a tivesse julgado irremediavelmente ruim em seguir as direções. Bem, de qualquer forma, não teria muita dificuldade ali. Haveria algumas poucas mulheres esperando quando todos se levantassem da mesa. Na verdade, ela já conseguia ver uma ou outra assomando ao redor. Não importaria tanto. Ela sorriria e seria educada e diria: "Muito gentil de sua parte. Fico tão feliz. É sempre muito bom conhecer alguém que gosta de seus livros." Todas as velhas frases de sempre. Quase como enfiar a mão em uma caixa e sacar algumas palavras úteis já amarradas uma à outra como um colar de contas. E, então, não muito tempo depois, ela poderia partir.

Ela percorreu a mesa com o olhar pois talvez encontrasse alguns amigos por ali, além de possíveis admiradores. Sim, ela de fato avistou Maurine Grant ao longe, que era muito divertida. O momento chegou, as mulheres literárias e os cavalheiros convidados se levantaram. Todos circularam rumo a poltronas, rumo a mesas de café, sofás e cantinhos confidenciais. O momento de perigo, pensava Mrs. Oliver com frequência, apesar de em geral fazê-lo em coquetéis e não em eventos literários porque raramente ia a estes últimos. A qualquer momento, o perigo poderia emergir na forma de alguém que se lembrava de você, mas de quem você não se lembrava, ou alguém com quem você definitivamente não queria conversar, mas de quem não conseguia escapar. Nesse caso, foi o primeiro dilema que se apresentou a ela. Uma mulher grande. Amplas proporções, grandes dentes brancos que mastigavam ruidosamente. O que em francês seria chamado de *une femme formidable*, mas que com certeza não ocupava apenas a definição francesa de formidável, mas também a definição inglesa de ser absolutamente mandona. Era óbvio que ela ou conhecia Mrs. Oliver ou estava determinada a conhecê-la naquele exato momento. A segunda opção era a correta.

— Ah, Mrs. Oliver — falou ela em voz aguda. — Que prazer em conhecê-la. Desejei isso por tanto tempo. Eu simplesmente adoro seus livros. Meu filho também. E meu marido sempre insistia em nunca viajar sem ao menos dois de seus livros. Mas venha, sente-se. Há tantas coisas que quero lhe perguntar.

Ah, pois bem, pensou Mrs. Oliver, não é meu tipo favorito de mulher, essa daí. Mas se não for ela, será outra.

Ela se permitiu ser conduzida de forma firme, quase como se por um policial. Foi levada a um divã para duas pessoas em um canto, e sua nova amiga aceitou café e colocou uma xícara na frente dela também.

— Pronto. Agora estamos ajeitadas. Não imagino que saiba meu nome. Sou Mrs. Burton-Cox.

— Ah, sim — respondeu Mrs. Oliver, constrangida como de costume. Mrs. Burton-Cox? Ela também escrevia livros? Não, ela não conseguia de fato se lembrar de nada dela. Mas parecia já ter ouvido o nome. Um pensamento vago lhe ocorreu. Um livro sobre política, algo assim? Não de ficção, não de entretenimento, não sobre crime. Talvez uma intelectual sofisticada com alguma tendência política? Essa seria fácil, pensou Mrs. Oliver com alívio. Posso só deixá-la falar e dizer "Que interessante!" de tempos em tempos.

— A senhora ficará, de fato, muito surpresa com o que vou dizer — começou Mrs. Burton-Cox. — Mas senti, ao ler seus livros, como tem empatia, como entende da natureza humana. E sinto que, se existe alguma pessoa que pode me dar uma resposta à pergunta que quero fazer, a senhora será essa pessoa.

— Não sei, na verdade... — respondeu Mrs. Oliver, tentando pensar em palavras adequadas para explicar que duvidava muito ser capaz de atender às altas expectativas da mulher.

Com uma colher, Mrs. Burton-Cox afundou um cubo de açúcar no café e o amassou de forma bastante carnívora, como se fosse um osso. Um dente de marfim, talvez, pensou Mrs. Olive vagamente. Marfim? Cães tinham marfim, leões-marinhos tinham marfim e elefantes, é claro, tinham marfim. Grandes presas de marfim. Mrs. Burton-Cox estava dizendo:

— Agora, a primeira coisa que preciso lhe perguntar, apesar de ter bastante certeza de estar certa... A senhora tem uma afilhada, não tem? Uma afilhada chamada Celia Ravenscroft?

— Ah — disse Mrs. Oliver, positivamente surpresa. Ela sentia que talvez conseguisse lidar com uma afilhada. Tinha muitas afilhadas... e afilhados, por sinal. Havia momentos, ela precisou admitir conforme os anos foram se passando, em que ela não conseguia se lembrar de todos. Cumprira seu dever no devido tempo, dever este que consistia em enviar brinquedos no Natal durante a infância, visitá-los e a seus pais, ou recebê-los para visitas durante os anos de formação, buscar os garotos no colégio, ou as garotas também. Então chegava o momento culminante, que seria ou no 21º aniversário, em que uma madrinha tinha que fazer a coisa certa e demostrar a importância da data, e fazê-lo com classe, ou no casamento, que incluía o mesmo tipo de presente e uma bênção financeira ou de outra forma. Depois disso, os afilhados se retiravam a alguma, ou muita, distância. Casavam ou iam para o exterior, para embaixadas estrangeiras ou dar aulas em escolas internacionais ou trabalhar em projetos sociais. De qualquer forma, iam desaparecendo de pouco em pouco da sua vida. Você ficava contente se eles de súbito, como acabara de acontecer, brotassem no horizonte de novo. Mas precisava se esforçar para lembrar qual fora a última vez em que os vira, de quem eram filhos, que conexão levou você a ser escolhida como madrinha.

— Celia Ravenscroft — disse Mrs. Oliver, fazendo seu melhor. — Sim, sim, é claro. Sim, com certeza.

Não que qualquer imagem do rosto de Celia Ravenscroft surgisse perante seus olhos, ou melhor, não depois de uma idade muito jovem. O batismo. Ela havia ido ao batismo de Celia e dera um coador prateado estilo Rainha Ana muito bonito de presente. Muito bonito. Seria bom para coar leite, e seria o tipo de coisa que uma afilhada sempre poderia vender por um bom dinheirinho se precisasse. Sim, ela se lembrava do coador muito bem de fato. Rainha Ana... 1711, havia sido. De prata Britannia. Como era mais fácil se lembrar de chaleiras de prata ou coadores ou xícaras de presente de batismo do que da criança de fato.

— Sim — repetiu ela —, sim, é claro. Temo fazer muitíssimo tempo que não a vejo.

— Ah, sim. Ela é, claro, uma garota bastante impulsiva — contou Mrs. Burton-Cox. — Quero dizer, muda de ideia com alguma frequência. É claro, muito intelectual, se saiu muito bem na universidade, mas... suas noções políticas... Parece que todos os jovens têm opiniões políticas hoje em dia.

— Temo não lidar muito com política — disse Mrs. Oliver, para quem política sempre fora um anátema.

— Veja, vou me abrir para a senhora. Vou lhe contar exatamente o que quero saber. Tenho certeza de que não se importará. Já ouvi tantas pessoas comentarem como é gentil, sempre tão disposta.

Eu me pergunto se ela vai tentar pedir dinheiro emprestado, pensou Mrs. Oliver, que sabia de muitas entrevistas que começaram com esse tipo de abordagem.

— Veja, é uma questão da maior importância para mim. Algo que sinto que *devo* descobrir. Veja bem, Celia vai se casar... ou acha que vai se casar... com meu filho, Desmond.

— Oh, veja só! — exclamou Mrs. Oliver.

— Ao menos, essa é a ideia deles no momento. É claro, há que se saber das pessoas, e há algo que desejo muito saber. É algo extraordinário a se pedir a qualquer um, e eu não poderia simplesmente... bem, quero dizer, eu não poderia simplesmente perguntar a um estranho, mas não sinto que a senhora é uma estranha, minha cara Mrs. Oliver.

Eu preferiria que você sentisse, pensou Mrs. Oliver pensou. Estava ficando nervosa agora. Ela se perguntou se Celia tivera um filho ilegítimo ou estava prestes a ter, e se ela própria deveria saber a respeito e dar detalhes. Seria muito constrangedor. Por outro lado, pensou Mrs. Oliver, eu não a vejo há cinco ou seis anos, e ela deve estar com 25 ou 26, então será muito fácil afirmar que não sei de nada.

Mrs. Burton-Cox se inclinou para a frente e respirou pesado.

— Quero que me conte porque tenho certeza de que deve saber ou talvez ter uma noção muito boa de como tudo aconteceu. Foi a mãe dela quem matou o pai, ou foi o pai quem matou a mãe?

Fosse lá o que Mrs. Oliver esperava, com certeza não era aquilo. Ela encarou Mrs. Burton-Cox, incrédula.

— Mas eu não... — Ela parou. — Eu... eu não entendo. Quero dizer... que motivo...

— Minha cara Mrs. Oliver, a senhora deve *saber*... Quero dizer, um caso de tamanha fama... É claro, sei que já faz muito tempo, bem, suponho que dez, doze anos ao menos, mas certamente chamou muita atenção na época. Tenho certeza de que a senhora se lembrará, *precisa* se lembrar.

O cérebro de Mrs. Oliver trabalhava desesperadamente. Celia era sua afilhada. Isso era bem verdade. A mãe de Celia... sim, é claro, a mãe de Celia fora Molly Preston-Grey, uma amiga, apesar de não muito próxima, que havia casado com um homem no Exército, sim... Qual era o nome dele? Sir Fulano Ravenscroft. Ou será que era um embaixador? Extraordinário como não conseguimos lembrar dessas coisas. Ela não conseguia sequer se lembrar se fora madrinha de Molly. Imaginava que sim. Um casamento bem elegante na Guards Chapel ou algo assim. Mas *como* nos esquecemos das coisas. E depois disso, ela não os encontrara por anos... estavam em algum lugar... no Oriente Médio? Pérsia? Iraque? Uma vez no Egito? Malásia britânica? Muito raramente, quando visitaram a Inglaterra, ela os encontrara de novo. Mas eles eram como uma daquelas fotos que pegamos e damos uma olhada. Sabemos de forma vaga quem aparece na foto, mas ela desbotou tanto que mal conseguimos reconhecer ou lembrar quem são. E ela não conseguia se lembrar agora se Sir Fulano Ravenscroft e Lady Ravenscroft, nascida Molly Preston-Grey, haviam participado muito de sua vida. Ela não achava que sim. Mas ao mesmo tempo... Mrs. Burton-Cox continuava a encarando. Encarando como se estivesse desapontada com sua falta de *savoir-faire*, sua falta de habilidade para se lembrar do que evidentemente fora uma *cause célèbre*.

— Matou? Quer dizer... um acidente?

— Ah, não. Nada de acidente. Foi em uma dessas casas à beira-mar. Na Cornualha, eu acho. Algum desses lugares com pedras. De qualquer forma, eles tinham uma casa lá. E os dois foram encontrados no precipício, baleados. Mas não havia nada que a polícia realmente pudesse usar para decifrar se a esposa atirou no marido e então em si mesma, ou se o marido atirou na esposa e então em si mesmo. Olharam as evidências de, sabe, das balas e essas coisas, mas foi muito difícil. Pensaram que poderia ter sido um desses pactos suicidas e... já esqueci qual foi o veredito. Alguma coisa... poderia ter sido azar ou algo assim. Mas, é claro, todo mundo sabia que deve ter sido *proposital*, e um monte de histórias circulou na época, é claro...

— Provavelmente todas inventadas — afirmou Mrs. Oliver com esperança, tentando se lembrar de uma história, pelo menos.

— Bem, talvez. Talvez. É muito difícil afirmar, eu sei. Houve histórias de uma briga naquele dia ou no anterior, especulações sobre outro homem, e, é claro, a fofoca de sempre sobre outra mulher. E nunca se sabe quem ficou de que lado da história. Acho que as coisas foram abafadas porque a patente do General Ravenscroft era bem alta, e acho que comentaram que ele estivera em uma casa de repouso naquele ano, muito mal de saúde ou algo assim, e que não sabia de fato o que estava fazendo.

— Realmente — respondeu Mrs. Oliver com firmeza —, temo não saber nada a respeito. Eu de fato me lembro, agora que mencionou, que houve um caso assim, e me lembro dos nomes e que eu conhecia as pessoas, mas nunca soube o que houve ou qualquer coisa sobre o assunto. Eu honestamente não faço a menor ideia...

E, pela madrugada, pensou Mrs. Oliver, desejando ter coragem o suficiente para dizê-lo em voz alta, como diabos *você* tem a impertinência de me perguntar tal coisa, eu não sei.

— É muito importante que eu saiba — falou Mrs. Burton-Cox.

Seus olhos, que cintilavam feito bolinhas de gude, começaram a piscar.

— É importante, veja bem, porque meu menino, meu querido menino, quer se casar com Celia.

— Temo não poder ajudar — afirmou Mrs. Oliver. — Nunca ouvi nada.

— Mas a senhora *precisa* saber — insistiu Mrs. Burton-Cox. — Quero dizer, a senhora escreve essas histórias maravilhosas, sabe tudo sobre crime. Sabe quem os comete e por que fazem isso, e tenho certeza de que todo tipo de gente vai lhe contar a história por trás da história, já que pensa tanto nessas coisas.

— Eu não sei de nada — disse Mrs. Oliver, em uma voz que não portava mais muita educação e incluía tons definitivos de desgosto.

— Mas a senhora entende que não sei mais a quem perguntar? Quero dizer, não posso ir à polícia depois de todos esses anos, e não imagino que eles contariam, porque obviamente estavam tentando abafar o caso. Mas sinto que é importante conseguir a *verdade*.

— Eu apenas escrevo livros — respondeu Mrs. Oliver com frieza. — Eles são inteiramente ficcionais. Não sei de nada sobre crimes da vida real e não tenho opiniões sobre criminologia. Então temo não poder ajudá-la de *qualquer* forma.

— Mas a senhora poderia perguntar a sua afilhada. Poderia perguntar para Celia.

— Perguntar para Celia! — Mrs. Oliver a encarou de novo. — Não sei como eu poderia fazer *isso*. Ela tinha… ora, imagino que fosse uma criancinha quando a tragédia aconteceu.

— Ah, mas imagino que soubesse de tudo — disse Mrs. Burton-Cox. — Filhos sempre sabem de tudo. E ela contaria à senhora. Tenho certeza de que ela contaria à *senhora*.

— É melhor que a senhora mesma pergunte — respondeu Mrs. Oliver.

— Não acho que eu poderia fazer isso — falou Mrs. Burton-Cox. — Não acho, sabe, que Desmond fosse gostar. Veja bem, ele é bastante, hã, ele é bastante sensível quando se trata de Celia, e eu de fato não acho que... não, tenho certeza de que ela contaria à senhora.

— Eu nem sonharia em perguntar isso a ela — afirmou Mrs. Oliver. Ela fingiu olhar o relógio. — Minha nossa, quanto tempo já passamos nesse almoço adorável. Devo correr agora, tenho um compromisso muito importante. Adeus, Mrs, hã, Bedley-Cox, sinto muito não poder ajudá-la, mas essas questões são bastante delicadas e... será que faz mesmo tanta diferença, de qualquer forma, do seu ponto de vista?

— Oh, creio que faça *toda* a diferença.

Naquele momento, uma figura literária que Mrs. Oliver conhecia bem passou por perto. Mrs. Oliver saltou para pegá-la pelo braço.

— Louise, minha querida, que bom ver você. Não havia notado que estava aqui.

— Oh, Ariadne, faz *tanto* tempo que não a vejo. Você emagreceu muito, não?

— Que gentilezas você sempre me diz — disse Mrs. Oliver, enlaçando-se no braço da amiga e se afastado do divã. — Estou correndo porque tenho um compromisso.

— Imagino que tenha ficado presa com aquela mulher pavorosa, não? — perguntou a amiga, espiando por cima do ombro para Mrs. Burton-Cox.

— Ela estava me fazendo perguntas extraordinárias — contou Mrs. Oliver.

— Ah. E você não sabia como responder?

— Não. Não era da minha conta. Eu não sabia de nada a respeito. De qualquer forma, não desejaria responder, se soubesse.

— Era sobre algo interessante?

— Imagino que sim — disse Mrs. Oliver, deixando uma ideia nova entrar em sua mente. — Imagino que pudesse ser interessante, só que...

— Ela está se levantando para vir atrás de você — alertou a amiga. — Venha comigo. Vou acompanhá-la até a saída e dou uma carona a qualquer lugar que queira ir se não estiver com seu carro.

— Eu nunca circulo com meu carro em Londres, é tão horrível de estacionar.

— Sei que é. Absolutamente pavoroso.

Mrs. Oliver fez as despedidas apropriadas. Agradecimentos, palavras de prazer amplamente expressas e, em pouco tempo, estava circulando uma praça de Londres no banco do carona.

— Eaton Terrace, não? — perguntou a amiga gentil.

— Sim — confirmou Mrs. Oliver —, mas aonde preciso ir agora é... acho que é Mansões Whitefriars. Não me lembro do nome exato, mas sei onde fica.

— Ah, os apartamentos. São bastante modernos. Bem quadrados e geométricos.

— Isso mesmo — disse Mrs. Oliver.

Capítulo 2

A primeira menção a elefantes

Fracassando em encontrar seu amigo Hercule Poirot em casa, Mrs. Oliver precisou recorrer a uma chamada telefônica.

— Por algum acaso, você estará em casa hoje à noite? — perguntou Mrs. Oliver.

Ela estava sentada ao lado do telefone, batendo nervosamente com os dedos na mesa.

— E quem está falando é...?

— Ariadne Oliver — informou Mrs. Oliver, que sempre se surpreendia ao descobrir que precisava se apresentar porque sempre esperava que os amigos reconhecessem sua voz assim que a ouvissem.

— Sim, estarei em casa a noite inteira. Isso significa que terei o prazer de uma visita sua?

— É muito gentil de sua parte colocar dessa forma — disse Mrs. Oliver. — Não sei se será tão prazeroso.

— Sempre é um prazer ver você, *chère madame*.

— Eu não sei — retrucou Mrs. Oliver. — Eu posso estar prestes a... bem, incomodá-lo um bocado. Perguntar coisas. Quero saber sua opinião sobre algo.

— Estou sempre pronto a compartilhar minha opinião com qualquer um — afirmou Poirot.

— Surgiu uma coisa — explicou Mrs. Oliver. — Uma chatice sobre a qual não sei o que fazer.

— Então você virá me visitar. Estou honrado. Muito honrado.

— Qual seria o melhor horário para você? — perguntou Mrs. Oliver. — Nove horas? Beberemos café juntos, talvez, a não ser que prefira uma granadina ou um *sirop de cassis*. Mas não, você não gosta disso. Eu me lembro.

— George — disse Poirot ao seu criado inestimável —, hoje à noite teremos o prazer de receber uma visita de Mrs. Oliver. Café, creio, e talvez algum tipo de bebida. Nunca tenho certeza do que ela gosta.

— Eu já a vi beber kirsch, senhor.

— E também, creio, *crème de menthe*. Mas kirsch, acho, é sua preferida. Muito bem, então — concluiu Poirot. — Que assim seja.

Mrs. Oliver chegou pontualmente. Poirot estivera se perguntando, enquanto comia o jantar, o que levava Mrs. Oliver a ir visitá-la e por que estava tão hesitante sobre o que fazer. Será que lhe traria algum desafio, ou o informaria de algum crime? Como Poirot bem sabia, poderia ser qualquer coisa quando se tratava de Mrs. Oliver. As coisas mais banais ou mais extraordinárias. Para ela, como se diz por aí, tudo dava na mesma. Ela estava preocupada, pensou ele. Ah, bem, ele poderia lidar com Mrs. Oliver. Sempre conseguira lidar com Mrs. Oliver. Às vezes ela o enlouquecia. Mas, ao mesmo tempo, ele sentia muito afeto por ela. Haviam compartilhado tantas experiências e experimentos juntos. Ele lera algo sobre ela no jornal daquela mesma manhã... ou será que fora no jornal da tarde? Precisava tentar se lembrar antes de sua chegada. E conseguiu assim que ela foi anunciada.

Logo que ela entrou no recinto, Poirot deduziu que seu diagnóstico de preocupação era suficientemente verdadeiro. Seu penteado, bastante elaborado, estava bagunçado porque ela vinha passando os dedos nele da maneira frenética e febril que às vezes fazia. Ele a recebeu com todos os sinais possíveis de alegria, instalou-a numa cadeira, serviu um pouco de café e lhe entregou uma taça de kirsch.

— Ah! — disse Mrs. Oliver, com um suspiro de alívio. — Imagino que esteja pensando que sou terrivelmente tola, mas ainda assim...

— Estou sabendo, ou melhor, fiquei sabendo pelo jornal que você esteve em um almoço literário hoje. Autoras famosas. Algo do tipo. Achei que você nunca comparecia a esse tipo de evento.

— Em geral, não — respondeu Mrs. Oliver —, e nunca mais comparecerei.

— Ah. Sofreu muito? — perguntou Poirot com uma boa dose empatia.

Ele sabia dos momentos constrangedores de Mrs. Oliver. Elogios extravagantes aos seus livros sempre a perturbavam imensamente porque, como um dia lhe dissera, ela nunca sabia as respostas apropriadas.

— Você não apreciou?

— Até certo momento, apreciei — disse Mrs. Oliver —, então algo muito importuno aconteceu.

— Ah. E foi por isso que veio me ver.

— Sim, mas eu verdadeiramente não sei por quê. Quero dizer, não tem nada relacionado a você, e não acho que seja o tipo de coisa que lhe interessaria. E eu não estou de fato interessada. Ou melhor, imagino que deva estar, ou não teria desejado visitá-lo para saber sua opinião. Para saber o que... bem, o que você faria no meu lugar.

— Essa é uma questão muitíssimo difícil — respondeu Poirot. — Sei como eu, Hercule Poirot, agiria em qualquer situação, mas não sei como você agiria, por mais que a conheça.

— Você deve ter uma ideia a essa altura — disse Mrs. Oliver. — Já me conhece há tempo suficiente.

— Mais ou menos quanto... vinte anos, já?

— Ah, não sei. Nunca consigo me lembrar de anos, de datas. Sabe como é, eu me confundo. Lembro de 1939 porque foi quando a guerra começou, e lembro de outras datas por coisas aleatórias aqui e ali.

— De qualquer forma, você foi ao seu almoço literário. E não gostou muito.

— Eu gostei do almoço, mas foi mais tarde...

— As pessoas lhe disseram coisas — adivinhou Poirot, com a gentileza de um médico perguntando sintomas.

— Bem, elas estavam se preparando para tal. De súbito, uma dessas mulheres grandes e mandonas que sempre conseguem dominar o ambiente e deixar você mais desconfortável do que qualquer um me abordou. Sabe, como alguém que captura uma borboleta ou algo assim, só faltaria uma rede. Ela meio que me cercou e me empurrou até um divã, então desandou a falar comigo, puxando assunto a respeito de uma afilhada minha.

— Ah, sim. Uma afilhada de quem você gosta?

— Eu não a vejo há muitos anos — respondeu Mrs. Oliver. — Quer dizer, não consigo acompanhar todos. Então ela me fez uma pergunta muito preocupante. Ela queria que eu... ah, céus, como é difícil para mim contar isso...

— Não, não é — disse Poirot com bondade. — É bastante fácil. Todos me contam tudo mais cedo ou mais tarde. Sou um mero estrangeiro, veja, então não importa. É fácil porque sou um estrangeiro.

— Bom, é de fato bastante fácil lhe contar coisas — concordou Mrs. Oliver. — Veja bem, ela me perguntou a respeito do pai e da mãe da garota. Ela perguntou se a mãe havia matado o pai, ou se o pai havia matado a mãe.

— Perdão? — disse Poirot.

— Ah, sei que soa insano. Bem, eu achei insano.

— Se a mãe de sua afilhada matou o pai, ou se o pai matou a mãe.

— Correto — disse Mrs. Oliver.

— Mas... isso é verdade? O pai matou a mãe ou a mãe matou o pai?

— Bom, ambos foram encontrados mortos a tiros — explicou Mrs. Oliver. — No topo de um penhasco. Não consigo me lembrar se na Cornualha ou em Córsega. Algo assim.

— Então o que ela disse era verdade?

— Ah, sim, essa parte era verdade. Aconteceu há anos. Mas a questão é... por que vir até mim?

— Só porque você escreve histórias de crimes — afirmou Poirot. — Ela sem dúvida disse que você sabia tudo sobre crimes. Isso foi um caso real?

— Ah, sim. Não era uma situação hipotética do tipo "o que pessoa A faria...?", ou qual seria o procedimento correto se sua mãe houvesse matado seu pai ou seu pai houvesse matado sua mãe. Não, foi algo que de fato aconteceu. Imagino que seja melhor eu contar tudo a respeito. Quero dizer, não me lembro de todos os detalhes, mas foi um caso bastante divulgado na época. Foi perto de... ah, imagino que foi ao menos doze anos atrás. E, como falei, me lembro do nome das pessoas porque de fato as conheci. A esposa estudou na mesma escola que eu, e eu a conhecia bem. Fomos amigas. Foi um caso muito conhecido... Sabe, apareceu em jornais e coisas assim. Sir Alistair Ravenscroft e Lady Ravenscroft. Um casal muito feliz, ele era coronel ou general e ela estava sempre com ele, e os dois haviam circulado pelo mundo inteiro. Então compraram uma casa em algum lugar... Acho que no exterior, mas não consigo lembrar. Até que de repente surgiram histórias sobre o caso nos jornais. Se alguém os matara ou se tinham sido assassinados ou algo do tipo, ou se eles mataram um ao outro. Creio que foi com o revólver que estava na casa fazia anos... Bem, é melhor eu contar o máximo de que consigo me lembrar.

Recompondo-se de leve, Mrs. Oliver conseguiu fornecer a Poirot um *résumé* mais ou menos claro do que ficara sabendo. Poirot, de tempos em tempos, conferia uma informação ou outra.

— Mas por quê? — perguntou ele enfim. — Por que essa mulher desejaria saber isso?

— Bem, é isso que quero descobrir — disse Mrs. Oliver. — Eu conseguiria entrar em contato com Celia, acho. Quer dizer, ela ainda mora em Londres. Ou talvez seja em Cambridge, ou Oxford... Acho que se formou e leciona lá ou em algum outro lugar, algo assim. E... muito moderninha, sabe? Circula com gente de cabelo comprido em roupas esquisitas. Não acho que use drogas. Ela está bastante bem e... dá notícias de vez em quando. Quero dizer, envia cartões no Natal e coisas assim. Bem, ninguém pensa nos afilhados o tempo todo, e ela já está bem com 25 ou 26 anos.

— É casada?

— Não. Ao que parece, vai se casar, ou é essa a ideia, com o filho de Mrs.... ora, como se chama a mulher mesmo? Ah, sim, Mrs. Brittle... Não, Mrs. Burton-Cox.

— E Mrs. Burton-Cox não quer que o filho se case com essa garota porque seu pai matou a mãe ou sua mãe matou o pai?

— Bem, imagino que sim — disse Mrs. Oliver. — É a única coisa em que consigo pensar. Mas por que importa quem foi o culpado? Se um dos pais matou o outro, faz tanta diferença assim para a mãe do rapaz com quem você vai casar saber quem matou quem?

— É algo em que se pensar — respondeu Poirot. — É... sim, é de fato muito interessante. Não me refiro ao que houve com Sir Alistair Ravenscroft ou Lady Ravenscroft. Creio me lembrar vagamente... ah, algum caso como esse, ou talvez não tenha sido o mesmo. Mas é muito curiosa a questão de Mrs. Burton-Cox. Talvez seja um pouco ruim da cabeça. É muito afeiçoada ao filho?

— Provavelmente — presumiu Mrs. Oliver. — É provável que não queira que ele sequer se case com a moça.

— Porque acredita que ela possa ter herdado uma predisposição a assassinar o marido... ou algo assim?

— Como vou saber? — retrucou Mrs. Oliver. — Ela parece pensar que posso lhe dar as respostas, e ela realmente não *me* deu respostas o suficiente, deu? Mas por quê, você acha? O que está por trás disso tudo? O que *significa*?

— Seria quase interessante descobrir — falou Poirot.

— Bem, é por isso que vim a você — afirmou Mrs. Oliver.

— Você gosta de descobrir as coisas. Coisas que de início não têm motivo aparente. Quero dizer, que ninguém vê o motivo.

— Você acha que Mrs. Burton-Cox tem alguma preferência? — perguntou Poirot.

— Quer dizer se ela preferiria que o marido tivesse matado a esposa, ou que a esposa tivesse matado o marido? Creio que não.

— Bem — disse Poirot —, entendo seu dilema. É muito intrigante. Você chega em casa de um evento. Pediram que fizesse algo muito difícil, quase impossível e... você se pergunta qual a maneira mais apropriada de lidar com algo assim.

— Bem, qual você acha que é a maneira mais apropriada?

— Para mim, não é fácil definir — disse Poirot. — Não sou uma mulher. Uma mulher que você não conhece de fato, que apenas conheceu em um evento, lhe estendeu esse problema, pediu que o resolvesse, sem dar um motivo discernível.

— Certo — confirmou Mrs. Oliver. — Agora, o que Ariadne faz? Em outras palavras, o que a pessoa A faz, se você estivesse lendo isso como um problema de lógica no jornal?

— Bem, imagino — respondeu Poirot — que haja três coisas que a pessoa A poderia fazer. Ela poderia escrever uma carta para Mrs. Burton-Cox e dizer "Sinto muitíssimo, mas eu realmente sinto que não posso atendê-la nessa questão", ou quaisquer palavras que queira usar. Segunda opção: entrar em contato com a afilhada e contar o que lhe foi pedido pela mãe do garoto, ou rapaz, ou o que quer que ele seja, com quem ela está pensando em se casar. Você vai descobrir se ela está realmente pensando em se casar com o rapaz. Se sim, se o rapaz comentou qualquer coisa com ela a respeito do que se passa na cabeça da mãe dele. E haverá outros pontos de interesse, como descobrir o que a garota pensa da mãe do rapaz. A terceira coisa que se pode fazer — concluiu Poirot —, e isso é o que eu de fato recomendo firmemente que faça, é...

— Já sei — disse Mrs. Oliver. — Uma palavra.

— Nada — falou Poirot.

— Exatamente. Sei que é a coisa simples e apropriada a se fazer. Nada. É absurdamente atrevido da minha parte sair falando para minha afilhada o que sua futura sogra anda dizendo por aí, e perguntando às pessoas. Mas...

— Eu sei — respondeu Poirot —, é a curiosidade humana.

— Quero saber por que aquela mulher odiosa veio me dizer aquelas coisas — explicou Mrs. Oliver. — Uma vez que saiba disso, posso relaxar e esquecer tudo a respeito. Mas até saber...

— Sim — disse Poirot —, não vai conseguir dormir. Acordará no meio da noite e, se conheço você, terá as ideias mais extraordinárias e extravagantes que logo em seguida, provavelmente, conseguirá transformar num romance de mistério dos mais atraentes. Um suspense... do tipo "quem foi o culpado". Todo tipo de coisa.

— Bem, imagino que poderia, se visse a situação dessa forma — disse Mrs. Oliver. Seus olhos brilharam suavemente.

— Deixe para lá — sugeriu Poirot. — Seria um enredo muito difícil de desvendar. Não parece haver nenhum bom motivo para tal.

— Mas eu gostaria de me *certificar* de que não *há* um bom motivo.

— Curiosidade humana... Uma coisa tão interessante. — Ele suspirou. — E pensar que devemos muito a ela por toda a história. Curiosidade. Não sei quem inventou a curiosidade. É normalmente associada aos gatos. A curiosidade matou o gato. Mas eu diria que os gregos foram os inventores da curiosidade. Eles queriam *saber*. Antes deles, até onde consigo ver, ninguém queria saber *muito*. Só queriam saber quais eram as regras do país em que viviam e como poderiam evitar serem decapitados ou empalados numa lança ou que algo desagradável acontecesse a eles. Mas ou obedeciam ou desobedeciam. Não queriam saber *por quê*. Mas, desde então, muita gente quis saber *por quê*, e todo tipo de coisa aconteceu por causa disso. Barcos, trens, máquinas voadoras, bombas atômicas, penicilina e a cura de diversas doenças. Um garotinho observa a tampa da chaleira se erguer por causa do vapor. E quando menos se espera temos trilhos de trem, o que consequentemente acaba gerando greves de maquinistas e todo o resto. E assim por diante.

— Só me diga — pediu Mrs. Oliver —, você acha que sou uma intrometida terrível?

— Não, não acho — disse Poirot. — De modo geral, não a vejo como uma mulher de grande curiosidade. Mas consigo imaginá-la com clareza caindo num estado de agitação durante um evento literário, ocupada se defendendo contra gentileza excessiva, elogios em excesso. No entanto, em vez disso acabou se metendo em um dilema um tanto constrangedor e desenvolvendo um desgosto muito forte pela pessoa que a colocou nessa situação.

— Sim. É uma mulher muito cansativa, muito desagradável.

— Esse assassinato no passado, desse marido e dessa mulher que supostamente se davam bem e não demonstravam nenhum sinal aparente de briga ficou conhecido. Nunca se leu sobre uma causa para tais mortes, segundo você?

— Foram mortos a tiros. Sim, a tiros. Poderia ter sido um pacto de suicídio. Creio que a polícia pensou que fosse, de início. É claro, não se consegue descobrir a respeito de coisas assim tantos anos depois.

— Ah, sim — disse Poirot —, creio que eu poderia descobrir alguma coisa a respeito.

— Você quer dizer... pelos seus amigos interessantes?

— Bem, eu não diria os amigos interessantes, talvez. Certamente há amigos bem-informados, que conseguiriam obter certos históricos, procurar relatos do crime na época, algum acesso que eu poderia obter a certos registros.

— Você poderia descobrir coisas — sugeriu Mrs. Oliver com esperança —, e então me contar.

— Sim — disse Poirot —, creio que poderia lhe ajudar a descobrir, de alguma forma, os fatos na íntegra. Porém, deve demorar um pouco.

— Entendo que, se você fizer isso, que é o que eu quero que faça, *eu mesma* precisarei fazer algo. Terei de ver a garota. Terei de ver se ela sabe de qualquer coisa, perguntar se gostaria que eu desse uma banana à sogra ou se há qualquer outra forma que eu possa ajudar. E eu também gostaria de ver o garoto com quem ela vai se casar.

— Isso mesmo — confirmou Poirot. — Excelente.

— E imagino — continuou Mrs. Oliver — que possa haver pessoas...

Ela parou de falar, franzindo a testa.

— Não imagino que pessoas seriam de muita ajuda — disse Hercule Poirot. — Isso é uma questão do passado. Talvez uma *cause célèbre* naquela época. Mas o que é uma *cause célèbre* quando se pensa a respeito? A não ser que chegue a um surpreendente *dénouement*, o que não foi o caso dessa. Ninguém se lembra.

— Não — concordou Mrs. Oliver —, isso é bem verdade. Houve muitas menções nos jornais e comentários por algum tempo, então o caso simplesmente... esmoreceu. Bem, como acontece com as coisas hoje em dia. Como aquela garota. Sabe, aquela que saiu de casa e não foi mais encontrada em lugar algum. Bem, quero dizer, isso foi cinco ou seis anos atrás, então de súbito um garotinho, brincando numa pilha de areia ou uma pedreira ou qualquer coisa assim encontrou seu corpo. Cinco ou seis anos depois.

— Isso é verdade — disse Poirot. — E é verdade que ao saber, a partir do corpo, quanto tempo fazia desde a morte e o que acontecera naquele dia em particular e ao reavaliar diversos eventos sobre os quais há registros escritos, é possível até mesmo encontrar um assassino. Mas será mais difícil para seu problema, já que parece que a resposta pode estar entre duas opções: que o marido não gostava da esposa e queria se livrar dela, ou que a esposa odiava o marido ou talvez tivesse um amante. Portanto, pode ter sido um crime passional ou algo bem diferente. De qualquer forma, pode não haver nada a desvendar. Se a polícia não conseguiu decifrar na época, então o motivo devia ser difícil, não fácil, de ver. Portanto, não passou de fogo de palha.

— Imagino que eu possa entrar em contato com a filha. Talvez fosse isso que aquela mulher odiosa estivesse me convencendo a fazer... queria que eu fizesse. Ela pensou que a filha soubesse... bem, ela poderia saber — disse Mrs. Oliver.

— Os filhos sempre sabem, é verdade. Eles sabem das coisas mais extraordinárias.

— Você tem ideia da idade da sua afilhada na época?

— Bem, eu precisaria fazer as contas, não sei de cabeça. Creio que nove ou dez anos, talvez um pouco mais, não sei. Acho que estava na escola no momento. Mas isso talvez seja imaginação minha, lembrando-me do que li.

— Mas você acha que Mrs. Burton-Cox desejava que você conseguisse informações pela filha? Talvez a filha saiba de algo, talvez tenha dito algo ao filho, que então disse algo à mãe. Imagino que Mrs. Burton-Cox tenha tentado ela mesma questionar a garota e foi refutada, mas pensou que a famosa Mrs. Oliver, por ser tanto madrinha quanto cheia de conhecimento criminológico, pudesse obter a informação. Apesar de eu ainda não entender por que isso importa a ela — disse Poirot. — E não me parece que aquilo que você chama vagamente de "pessoas" possa ajudar depois de todo esse tempo. Será que alguém se lembraria?

— Bem, é aí que creio que poderiam — respondeu Mrs. Oliver.

— Você me surpreende — falou Poirot, olhando para ela com um rosto um pouco confuso. — *Será* que as pessoas se lembram?

— Bem — disse Mrs. Oliver —, na verdade eu estava pensando em elefantes.

— Elefantes?

Como acontecia com frequência, Poirot pensou que Mrs. Oliver era de fato uma mulher deveras inexplicável. Por que elefantes, de súbito?

— Eu estava pensando em elefantes no almoço de ontem — explicou Mrs. Oliver.

— Por que estava pensando em elefantes? — perguntou Poirot com certa curiosidade.

— Bem, eu estava na verdade pensando em dentes. Sabe, as coisas que tentamos comer, e se temos algum tipo de dente falso... não conseguimos fazê-lo muito bem. Sabe, você tem que saber o que pode e o que não pode comer.

— Ah! — exclamou Poirot, com um suspiro profundo. — Sim, sim. Os dentistas podem fazer muito por você, mas não tudo.

— Bastante correto. Então pensei sobre, sabe, como nossos dentes são apenas feitos de ossos, então não são terrivelmente bons, e como seria bom ser um cão, que tem dentes de marfim reais. Em seguida pensei em outros animais que têm dentes de marfim, em leões-marinhos e... ah, coisas assim. E pensei em elefantes. É claro, quando pensamos em dentes de marfim, lembramos dos elefantes, não? Presas de elefante enormes e grandiosas.

— Isso é bem verdade — disse Poirot, ainda sem entender aonde Mrs. Oliver queria chegar.

— Então pensei: o que realmente precisamos fazer é chegar às pessoas que são como elefantes. Porque elefantes, ou pelo menos é o que dizem, nunca esquecem.

— Sim, já ouvi esse dizer — falou Poirot.

— Elefantes nunca esquecem — repetiu Mrs. Oliver. — Sabe uma fábula que contam para crianças? Como alguém, um alfaiate indiano, enfiou uma agulha ou algo assim na presa de um elefante. Não. Não na presa, é claro, na tromba. E quando o elefante o viu de novo, ele encheu a tromba de água e jorrou tudo no alfaiate, apesar de não o ver fazia muitos anos. Ele não esquecera. Ele se lembrava. A questão é essa, entende? Elefantes se lembram. O que preciso fazer é... entrar em contato com alguns elefantes.

— Ainda não sei se entendi bem o que quer dizer — falou Hercule Poirot. — Quem você está classificando como elefante? Parece prestes a ir buscar informação no zoológico.

— Bem, não é exatamente isso — explicou Mrs. Oliver. — Não elefantes de fato, mas pessoas que, em certo ponto, se parecem com elefantes. Há algumas pessoas que *de fato* se lembram de muitas coisas. Na verdade, as pessoas se lembram de coisas estranhas, inclusive, há muitas coisas estranhas das quais *eu* me lembro muito bem. Elas ocorreram... eu me lembro da minha festa de aniversário de 5 anos, e de um bolo cor-de-rosa, um adorável bolo cor-de-rosa. Tinha um pássaro feito de açúcar no topo. E me lembro do dia em que meu canário fugiu, e eu chorei. E me lembro de outro dia, quando fui para o campo e havia um touro lá e alguém disse que ele iria me estraçalhar, e eu fiquei apavorada e queria sair correndo dali. Ora, eu me lembro disso muito bem. Era uma terça-feira. Não sei por que eu lembro que era terça-feira, mas era. E eu me lembro de um piquenique adorável com amoras. Lembro de ficar terrivelmente pinicada, mas de comer mais amoras do que todo mundo. Foi fantástico! Eu tinha 9 anos na época, creio. Mas não é preciso voltar tão longe assim. Quero dizer, estive em centenas de casamentos na vida, mas quando olho para trás, há apenas dois dos quais eu me lembro *de verdade*. Um no qual fui madrinha. Foi em New Forest, eu lembro, mas não consigo lembrar quem estava lá. Acho que a noiva era uma prima minha. Eu não a conhecia tão bem, mas ela queria uma grande quantidade de madrinhas e, bem, imagino que eu tenha lhe sido útil. Mas também lembro de outro casamento. Foi de um amigo da Marinha. Ele quase afundou em um submarino, porém foi salvo, e então a garota com quem ele estava noivo, a família dela não queria que se casasse com ele, mas ele se casou com ela mesmo assim depois disso, e eu fui uma das madrinhas. Bem, quero dizer, sempre *há* coisas de que você se lembra.

— Entendo — assentiu Poirot. — Acho interessante. Então você sairá *à la recherche des éléphants*?

— Correto. Eu teria que descobrir a data certa.

— Nesse quesito — disse Poirot —, creio que eu possa ajudar.

— Então eu pensarei nas pessoas que conhecia naquela época, pessoas que eu posso ter conhecido com os mesmos amigos em comum, que provavelmente conheciam o general Qualquer Coisa. Pessoas que podem ter conhecido os dois no exterior, mas que eu também conhecesse apesar de talvez não os ver há muitos anos. Porque as pessoas ficam sempre muito felizes ao ver alguém surgir do passado, mesmo que não consigam lembrar muito de você. Então vocês naturalmente falarão das coisas que estavam acontecendo naquela época, de que vocês se recordam.

— Muito interessante — comentou Poirot. — Creio que você esteja muito bem equipada para o que se propõe a fazer. As pessoas que conheciam muito ou pouco os Ravenscroft; pessoas que moraram na mesma parte do mundo onde o incidente ocorreu ou que podiam estar hospedadas lá. Mais difícil, mas creio que seja possível. Então, de alguma forma ou outra, dá para tentar coisas diferentes. Puxar um papo sobre o que aconteceu, o que pensam que aconteceu, o que outras pessoas já disseram sobre o que pode ter acontecido. Sobre qualquer caso amoroso que o marido e a esposa tiveram, qualquer dinheiro que alguém possa ter herdado. Creio que poderia desenterrar muitas coisas.

— Ah, céus — disse Mrs. Oliver. — Temo realmente não passar de uma intrometida.

— Você recebeu uma tarefa — declarou Poirot —, não de alguém de quem você gosta, não de alguém que deseja agradar, mas de alguém que detesta. Isso não importa. Você ainda está em uma missão, uma missão de conhecimento. Você toma o seu próprio caminho. É o caminho dos elefantes. Os elefantes *podem* se lembrar. *Bon voyage*.

— Perdão? — disse Mrs. Oliver.

— Estou enviando-a em sua viagem de descoberta — explicou Poirot. — *À la recherche des éléphants*.

— Acho que estou louca — comentou Mrs. Oliver com tristeza. Passou as mãos pelo cabelo mais uma vez, de forma que ficou parecendo uma antiga ilustração do João Felpudo. — Eu estava justamente pensando em começar uma história sobre um golden retriever. Mas não estava indo bem. Eu não conseguia começar, se é que me entende.

— Muito bem, abandone o golden retriever. Preocupe-se apenas com elefantes.

Livro 1

Elefantes

Capítulo 3

O guia da tia-avó Alice
para o conhecimento

— Pode encontrar minha caderneta de endereços, Miss Livingstone?

— Está em sua escrivaninha, Mrs. Oliver. No canto esquerdo.

— Não me refiro a essa — disse Mrs. Oliver. — Essa é a que estou usando agora. Quero a anterior. A que eu usava no ano passado, ou talvez no retrasado.

— Foi jogada fora, talvez? — sugeriu Miss Livingstone.

— Não, eu não jogo fora cadernetas de endereços nem nada do tipo porque com grande frequência precisamos delas. Quero dizer, de algum endereço que não foi passado para a nova. Imagino que deva estar em uma das gavetas das cômodas.

Miss Livingstone chegara havia pouco tempo para substituir Miss Sedgwick. Ariadne Oliver sentia falta de Miss Sedgwick. Sedgwick sabia de tantas coisas. Sabia em que lugares Mrs. Oliver às vezes colocava seus pertences, o tipo de lugar em que Mrs. Oliver guardava cada objeto. Ela se lembrava dos nomes de pessoas a quem Mrs. Oliver escrevera cartas gentis e dos nomes das pessoas a quem Mrs. Oliver, provocada além do limite, escrevera grosserias. Ela era inestimável, ou melhor, havia sido inestimável.

— Ela era como... qual era o título do livro? — disse Mrs. Oliver, relembrando. — Ah, sim, já sei... um grande livro marrom. Todos da época vitoriana tinham. Uma enciclopédia de informações domésticas, *Enquire Within Upon Everything*. E você realmente podia perguntar sobre qualquer coisa! Como remover marcas de ferro de passar de lençóis, como lidar com maionese azeda, como começar uma carta loquaz para um bispo. Muitas, muitas coisas. Você encontrava tudo no *Enquire Within Upon Everything*.

Tia-avó Alice sempre recorria a ele.

Miss Sedgwick era tão boa quanto o livro de tia Alice. Miss Livingstone não era, de forma alguma, a mesma coisa. Miss Livingstone estava sempre ali, com aquela cara pálida e emburrada, parecendo propositalmente eficiente. Cada linha em seu rosto dizia: "Eu sou muito eficiente." Mas ela não era de verdade, pensou Mrs. Oliver. Apenas sabia onde seus empregadores literários anteriores haviam guardado todas as coisas deles, e onde ela claramente considerava que Mrs. Oliver deveria guardar as suas também.

— O que eu quero — anunciou Mrs. Oliver com a firmeza e determinação de uma criança mimada — é minha caderneta de endereços de 1970. E creio que a de 1969 também. Por favor, procure o mais rápido que puder, sim?

— Claro, claro — respondeu Miss Livingstone.

Ela olhou ao redor com a expressão um tanto vazia de alguém que procura algo de que nunca ouviu falar antes, mas que conseguiria encontrar graças à sua eficiência em uma virada inesperada da sorte.

Se eu não conseguir Sedgwick de volta, vou enlouquecer, pensou Mrs. Oliver. Não vou aguentar lidar com essa situação sem Sedgwick.

Miss Livingstone começou a abrir diversas gavetas dos armários do chamado escritório e quarto de escrita de Mrs. Oliver.

— Aqui está a do ano passado — anunciou Miss Livingstone com alegria. — Estará muito mais atualizada, não?

— Não quero a de 1971 — retrucou Mrs. Oliver.

Lembranças e pensamentos vagos lhe vieram à mente.

— Procure naquela mesinha com porta-chá — pediu ela.

Miss Livingstone olhou ao redor, parecendo preocupada.

— Aquela mesa — disse Mrs. Oliver, apontando.

— Uma caderneta provavelmente não estaria em um porta-chá — afirmou Miss Livingstone, expondo os fatos gerais da vida à empregadora.

— Sim, poderia — retrucou Mrs. Oliver. — Acho que me lembro.

Dando a volta em Miss Livingstone, ela foi à mesinha de chá, abriu a tampa e olhou para o belo interior entalhado.

— E está *mesmo* aqui — disse Mrs. Oliver, levantando a tampa de uma lata redonda de papel machê projetada para guardar chá preto chinês, Lapsang Souchong, em vez de chá indiano, e sacando um pequeno caderninho marrom enrolado. — Aqui está.

— Essa é de 1968, Mrs. Oliver. Quatro anos atrás.

— Parece certo — respondeu Mrs. Oliver, pegando-a e levando de volta para a escrivaninha. — Isso é tudo por enquanto, Miss Livingstone, mas você poderia ver se encontra meu livro de aniversários em algum lugar.

— Não sabia que...

— Eu não uso mais — interrompeu Mrs. Oliver —, mas tive em uma época. Era bem grande, sabe. Comecei quando criança. Segue por anos. Imagino que estará no sótão. Sabe, o cômodo que usamos às vezes para visitas quando só os meninos vêm passar o Natal, ou com gente que não se importa. Está em um tipo de baú ou mesinha perto da cama.

— Ah. Devo ir olhar?

— É essa a ideia — disse Mrs. Oliver.

Ela se animou um pouco quando Miss Livingston saiu. Mrs. Oliver fechou, com firmeza, a porta atrás dela, voltou à escrivaninha e começou a olhar os endereços com tinta desbotada e cheiro de chá.

— Ravenscroft. Celia Ravenscroft. Sim. Fishacre Mews, SW3, 14. Esse é o endereço em Chelsea. Ela estava morando lá na época. Mas houve um outro depois de lá. Em algum lugar como Strand-on-the-Green perto de Kew Bridge.

Ela virou mais algumas páginas.

— Ah, sim, esse parece ser mais recente. Mardyke Grove. Logo depois da Fulham Road, creio eu. Algum lugar desses. Ela tem um número telefônico? Está bastante apagado, mas acho... Sim, acho que é isso mesmo, Flaxman... De qualquer forma, vou tentar.

Foi ao telefone. A porta se abriu, e Miss Livingstone olhou para dentro.

— A senhora acha que talvez...

— Encontrei o endereço que quero — avisou Mrs. Oliver. — Continue procurando pelo livro de aniversários. É importante.

— A senhora acha que pode ter deixado na Casa Sealy?

— Não, não acho — respondeu Mrs. Oliver. — Continue a procurar. — E murmurou quando a porta fechou: — Demore o tempo que quiser.

Discou o número telefônico e esperou, abrindo a porta para exclamar em direção ao andar de cima:

— Pode tentar o baú espanhol. Sabe, aquele com tampa de cobre. Esqueci onde está agora. Sob a mesa da sala, creio.

A primeira chamada de Mrs. Oliver não foi bem-sucedida. Ela parecia ter se conectado a uma Mrs. Smith Porter, que pareceu tanto irritada quanto inútil e não tinha ideia alguma de qual poderia ser o número de telefone de qualquer antigo morador daquele apartamento em particular.

Mrs. Oliver se dedicou a examinar a caderneta de endereços mais uma vez. Encontrou mais dois endereços rabiscados às pressas sobre outros números que não pareciam muito úteis. No entanto, na terceira tentativa, um Ravenscroft um pouco ilegível pareceu emergir dos rabiscos e anotações de iniciais e endereços.

Uma voz admitiu conhecer Celia.

— Minha nossa, sim. Mas ela não mora aqui há *anos*. Creio que estivesse em Newcastle da última vez que ouvi dela.

— Ah, céus — respondeu Mrs. Oliver —, temo não ter esse endereço.

— Tampouco eu tenho — disse a moça, gentil. — Creio que ela foi ser secretária de um cirurgião veterinário.

Não parecia muito promissor. Mrs. Oliver tentou mais uma ou duas vezes. Os endereços nas duas cadernetas mais recentes não serviram de nada, então ela voltou um pouco mais. Sua sorte virou, como se diz, quando chegou à última, do ano 1967.

— Ah, está se referindo a Celia — falou uma voz. — Celia Ravenscroft, não? Ou seria Finchwell?

Mrs. Oliver se impediu por pouco de responder: "Não, e tampouco seria Redbreast."

— Uma garota muito competente — disse a voz. — Trabalhou para mim por mais de um ano e meio. Ah, sim, muito competente. Eu teria ficado felicíssima se ela tivesse ficado mais. Acho que foi daqui para algum lugar da Harley Street, mas devo ter o endereço por aqui. Deixe-me ver. — Houve uma pausa longa enquanto Mrs. X (nome desconhecido) procurava. — Tenho um endereço aqui. Parece ser em algum lugar de Islington. É possível que esteja certo?

Mrs. Oliver respondeu que tudo era possível, agradeceu muito a Mrs. X e anotou a informação.

— É tão difícil, não é, tentar descobrir o endereço das pessoas. Elas nos mandam essas informações em geral. Sabe, um tipo de cartão-postal de algo assim. Eu mesma sempre pareço perdê-los.

Mrs. Oliver disse que ela própria sofria do mesmo mal. Tentou o número de Islington. Uma voz pesada e estrangeira atendeu.

— Você quer, sim... diz o quê? Sim, quem mora aqui?

— Miss Celia Ravenscroft?

— Ah, sim, é verdade. Sim, sim, ela mora aqui. Tem um quarto no segundo andar. Ela está fora e não volta ainda.

— Ela estará em casa mais tarde?

— Ah, ela está em casa muito logo, acho, porque ela volta pra arrumar pra festa e sai.

Mrs. Oliver agradeceu pela informação e desligou.

— Francamente — disse Mrs. Oliver para si com alguma irritação —, garotas!

Tentou pensar em quanto tempo fazia desde a última vez que vira a afilhada, Celia. Um contato perdido. Era essa a questão toda. Celia, pensou ela, estava em Londres agora. Se o namorado estivesse em Londres, ou se a mãe do namorado estivesse em Londres... tudo se encaixava. Minha nossa, pensou Mrs. Oliver, isso realmente me dá dor de cabeça.

— Sim, Miss Livingstone? — Ela virou a cabeça.

Miss Livingstone, parecendo um pouco fora de si e decorada com uma boa quantidade de teias de aranha e uma cobertura geral de poeira, estava à porta com uma expressão aborrecida e uma pilha de volumes poeirentos nas mãos.

— Não sei se qualquer uma dessas coisas terá utilidade para você, Mrs. Oliver. Parecem velhíssimos. — Seu tom era de reprovação.

— Deve ter — disse Mrs. Oliver.

— Não sei se a senhora quer que eu procure por algo em particular.

— Acho que não — respondeu Mrs. Oliver —, se puder apenas colocar tudo ali no canto do sofá. Darei uma olhada hoje à noite.

Miss Livingstone, cada vez mais contrariada, disse:

— Muito bem, Mrs. Oliver. Acho que vou só espaná-los antes.

— Será muito gentil da sua parte — respondeu Mrs. Oliver, impedindo-se por pouco de concluir com: "E pelo amor de Deus, espane-se também. Tem seis teias de aranha em sua orelha esquerda."

Ela relanceou para o relógio e discou o número de Islington de novo. A voz que atendeu daquela vez era puramente anglo-saxã e tinha uma firmeza perspicaz que Mrs. Oliver julgou bastante satisfatória.

— Miss Ravenscroft...? Celia Ravenscroft?

— Sim, aqui é Celia Ravenscroft.

— Bem, não imagino que vá se lembrar muito bem de mim. Sou Mrs. Oliver. Ariadne Oliver. Nós não nos vemos há muito tempo, mas, na verdade, sou sua madrinha.

— Ah, sim, claro. Sei disso. É verdade, não nos vemos há muito tempo.

— Eu gostaria muitíssimo de saber se posso vê-la, se você poderia vir visitar, ou o que preferir. Gostaria de fazer uma refeição comigo, ou...?

— Bem, é um tanto difícil neste exato momento, com o meu trabalho. Eu poderia visitar hoje à noite, se quiser. Por volta das sete e meia ou oito horas. Tenho um compromisso mais tarde, mas...

— Se fizer isso, ficarei muito, muito contente — disse Mrs. Oliver

— Bem, é claro que farei.

— Vou passar o endereço. — Mrs. Oliver o descreveu.

— Certo. Estarei aí. Sim, sei onde fica, muito bem.

Mrs. Oliver fez uma breve anotação no bloquinho ao lado do telefone e olhou com certa irritação para Miss Livingstone, que acabara de entrar no recinto carregando com dificuldade um álbum grande e pesado.

— Estava me perguntando se poderia ser este, Mrs. Oliver?

— Não, não poderia ser — disse Mrs. Oliver. — Esse é de receitas.

— Minha nossa — respondeu Miss Livingstone —, é verdade.

— Bem, não custa nada olhá-las, de qualquer modo — falou Mrs. Oliver, pegando o volume com firmeza. — Vá dar outra olhada. Sabe, pensei no armário de roupas de cama. Ao lado do banheiro. Você precisaria olhar na estante superior, acima das toalhas de banho. Eu às vezes enfio papéis e livros ali. Espere um instante. Deixe que eu mesma vou procurar.

Dez minutos depois, Mrs. Oliver folheava as páginas de um álbum desbotado. Miss Livingstone, que adentrara seu estágio final de martírio, estava parada à porta. Incapaz de aguentar a visão de tanto sofrimento, Mrs. Oliver disse:

— Ora, está bem. Você pode só dar uma olhada na escrivaninha da sala de jantar. A escrivaninha antiga. Sabe, a que está um pouco quebrada. Veja se consegue encontrar mais cadernetas de endereços. Mais antigas. Qualquer coisa com até dez anos valerá a pena. E depois disso — concluiu —, creio que não precisarei de mais nada hoje.

Miss Livingstone partiu.

— Eu me pergunto — disse Mrs. Oliver para si mesma, suspirando profundamente ao se sentar. Ela folheou o livro de aniversário — quem ficou mais satisfeita. Ela, por ir embora, ou eu, por vê-la ir embora? Depois da visita de Celia, terei uma noite ocupada.

Pegando um novo caderno de brochura da pilha que mantinha sobre a mesinha ao lado da escrivaninha, ela anotou várias datas, possíveis endereços e nomes, buscou mais uma coisa ou outra na caderneta de telefones e então ligou para Monsieur Hercule Poirot.

— Ah, é você, Monsieur Poirot?

— Sim, madame, sou eu.

— Você fez alguma coisa? — perguntou Mrs. Oliver.

— Perdão... se eu fiz o quê?

— Alguma coisa. A respeito do que pedi ontem.

— Sim, certamente. Dei andamento a algumas coisas. Agendei certas investigações.

— Mas ainda não as fez — observou Mrs. Oliver, que desaprovava a definição masculina de "fazer algo".

— E você, *chère madame*?

— Estive muito ocupada — disse Mrs. Oliver

— Ah! E o que tem feito, madame?

— Reunindo elefantes — respondeu Mrs. Oliver —, se é que me entende.

— Creio que entendo, sim.

— Não é muito fácil, buscar no passado — disse Mrs. Oliver. — É surpreendente, de fato, de quantas pessoas nos lembramos ao buscar nomes. Céus, e as tolices que escrevem nesses livros de aniversário também. Não consigo imaginar por que, quando eu tinha 16 ou 17 anos, e até mesmo 30, eu quis que as pessoas escrevessem no meu livro de aniversário. Tem algum tipo de frase de poeta para todos os dias do ano. Algumas delas são terrivelmente tolas.

— Está se sentindo encorajada em sua busca?

— Não exatamente — disse Mrs. Oliver. — Mas ainda penso que estou no caminho certo. Liguei para minha afilhada e...

— Ah. E marcou de vê-la?

— Sim, ela virá me ver. Hoje, entre sete e oito horas, se ela não me deixar na mão. Nunca se sabe. Jovens são muito pouco confiáveis.

— Ela pareceu contente com sua ligação?

— Não sei — respondeu Mrs. Oliver —, não exatamente. Ela tem uma voz bastante incisiva e... eu me lembro agora, da última vez em que a vi, deve fazer uns seis anos, eu a julguei bastante assustadora.

— Assustadora? De que forma?

— O que quero dizer é que seria mais provável que ela me intimidasse do que o contrário.

— Isso pode ser bom, e não ruim.

— Ah, você acha?

— Se as pessoas já se decidiram que não desejam gostar de você, que estão bem certas de que não gostam de você, terão mais prazer em se certificar de que você saiba disso e, dessa forma, deixarão escapar mais informações do que fariam se tentassem ser amigáveis e agradáveis.

— Se me bajulassem, você quer dizer? Sim, até que faz sentido. Quer dizer que elas contariam coisas que imaginariam ser do meu agrado. E da outra maneira, se elas estivessem irritadas comigo, diriam coisas com esperança de me irritar. Eu me pergunto se Celia é assim. Realmente me lembro muito melhor dela com 5 anos do que com qualquer outra idade. Ela tinha uma tutora e costumava jogar botas nela.

— A tutora na criança, ou a criança na tutora?

— A criança na tutora, é claro! — disse Mrs. Oliver.

Ao desligar o telefone, ela partiu para o sofá para examinar a pilha de diversas lembranças do passado. Murmurou nomes entredentes.

— Mariana Josephine Pontarlier... é claro, sim. Faz anos que não penso nela, achei que tivesse morrido. Anna Braceby... sim, sim, ela morava naquelas bandas do mundo. Eu me pergunto agora se...

Continuando dessa forma, o tempo passou, e ela ficou bem surpresa quando a campainha tocou. Saiu para abrir a porta pessoalmente.

Capítulo 4

Celia

Uma garota alta estava parada sobre o capacho. Só por um instante, Mrs. Oliver se alarmou ao vê-la. Então esta era Celia. A impressão de vitalidade e de vida era de fato muito forte. Mrs. Oliver sentiu algo que não se sentia com frequência.

Aqui, pensou ela, está uma pessoa com *propósito*. Agressiva, talvez, poderia ser difícil, até perigosa, quiçá. Uma dessas garotas que tinha uma missão na vida, que se dedicava à violência, talvez, que acreditava em causas. Mas interessante. Definitivamente interessante.

— Entre, Celia — disse ela. — Faz tanto tempo que não a vejo. A última vez que me lembro foi em um casamento. Você era madrinha. Usava um vestido de chiffon cor de damasco, eu me lembro, e grandes punhados de... não consigo me lembrar o que era, algo parecido com solidago.

— Provavelmente *eram* solidagos — confirmou Celia Ravenscroft. — Nós espirramos muito... por causa do pólen. Foi um casamento pavoroso. Eu sei. Martha Leghorn, não foi? Os vestidos de madrinha mais feios que já vi. Com certeza o mais feio que eu já usei!

— Sim. Não ficaram muito bons em ninguém. Você estava mais bonita que a maioria, se me permite dizer.

— Bem, é gentileza sua — disse Celia. — Eu não estava me sentindo no meu melhor.

Mrs. Oliver indicou uma cadeira e mexeu em um par de garrafas.

— Quer xerez ou alguma outra coisa?

— Não. Xerez está bem.

— Então aqui está. Imagino que lhe pareça muito estranho — falou Mrs. Oliver. — Eu ligar assim, de repente.

— Ah, não, não sei se acho tão estranho.

— Temo não ser uma madrinha muito presente.

— Por que deveria ser, na minha idade?

— Isso lá é verdade — disse Mrs. Oliver. — Sentimos que os deveres acabam num dado momento. Não que eu de fato tenha cumprido por completo os meus. Não me lembro de ir à sua crisma.

— Creio que o dever de uma madrinha é nos fazer ir à catequese e algumas coisas assim, não é? Renunciar o diabo e todos os seus trabalhos em meu nome — disse Celia. Um sorrisinho bem-humorado brotou em seus lábios.

Ela estava sendo muito amistosa, mas ao mesmo tempo, pensou Mrs. Oliver, era uma garota bastante perigosa de algumas formas.

— Bem, vou lhe contar por que andei tentando entrar em contato — disse Mrs. Oliver. — A coisa toda é um bocado peculiar. É difícil que eu compareça a eventos literários, mas, por acaso, anteontem compareci a um.

— Sim, eu sei — falou Celia. — Li algo a respeito no jornal, mencionando o seu nome também, Mrs. Ariadne Oliver, e fiquei intrigada porque sei que normalmente a senhora não vai a esse tipo de evento.

— Não — disse Mrs. Oliver. — Eu realmente preferiria não ter ido a esse também.

— Não gostou?

— Sim, gostei de certa forma porque nunca tinha ido a um desses. Então... bem, da primeira vez sempre nos divertimos com alguma coisa. Mas — acrescentou — normalmente também nos irritamos com alguma coisa.

54

— E aconteceu algo que a irritou?

— Sim. E teve a ver com você de uma maneira um pouco estranha. E pensei... bem, pensei que deveria contar a você, porque não gostei do que houve. Não gostei nem um pouco.

— Parece intrigante — disse Celia e deu um golinho no xerez.

— Uma mulher veio falar comigo. Eu não a conhecia, e nem ela a mim.

— Ainda assim, imagino que isso lhe aconteça com frequência — afirmou Celia.

— Sim, o tempo todo — confirmou Mrs. Oliver. — É um dos... riscos da vida literária. As pessoas vêm até você e dizem: "Amo tanto os seus livros e estou tão feliz de poder conhecê-la." Esse tipo de coisa.

— Já fui secretária de um escritor. Sei bem sobre esse tipo de coisa e como é difícil.

— Sim, bem, houve um pouco disso também, mas para isso eu estava preparada. Então essa mulher veio até mim e falou: "Acredito que a senhora tenha uma afilhada chamada Celia Ravenscroft."

— Ora, isso foi um pouco estranho — disse Celia. — Simplesmente se aproximar e dizer isso. Penso que ela deveria ter entrado no assunto de forma um pouco mais gradual. Sabe, falando dos seus livros primeiro e o quanto gostara do último ou algo assim. Então, com suavidade, mudar o assunto. O que ela tinha contra mim?

— Até onde sei, ela não tinha nada contra você — respondeu Mrs. Oliver.

— Era amiga minha?

— Não sei — disse Mrs. Oliver.

Houve um silêncio. Celia bebericou mais xerez e olhou com uma expressão investigadora para Mrs. Oliver.

— Sabe — começou ela —, a senhora está me deixando um tanto intrigada. Não consigo ver bem aonde está indo.

— Bem — disse Mrs. Oliver —, espero que não fique brava comigo.

— Por que eu ficaria brava com a senhora?

— Bem, porque vou lhe contar algo, ou repetir algo, e você poderá responder que não é assunto meu, ou que eu deveria ficar quieta e não mencionar tal fato.

— A senhora despertou minha curiosidade — declarou Celia.

— Ela mencionou seu nome para mim. Era uma tal de Mrs. Burton-Cox.

— Ah! — O "ah" de Celia foi bastante distinto. — Ah.

— Você a conhece?

— Sim, conheço — confirmou Celia.

— Bem, achei que fosse o caso, devido a...

— Devido ao quê?

— Devido a algo que ela disse.

— O quê... sobre mim? Que ela me conhecia?

— Ela disse que achava que seu filho poderia se casar com você.

A expressão de Celia mudou. As sobrancelhas subiram e desceram. Ela olhou com muita dureza para Mrs. Oliver.

— A senhora quer confirmar se é verdade ou não?

— Não — respondeu Mrs. Oliver —, não faço questão. Apenas menciono isso porque foi uma das primeiras coisas que ela me disse. Ela disse que, por ser sua madrinha, eu poderia pedir uma informação para você. E imagino que quisesse que eu passasse tal informação a ela depois.

— Que informação?

— Bem, não imagino que você vá gostar do que vou dizer agora — avisou Mrs. Oliver. — Eu mesma não gostei. Na verdade, isso me causa uma sensação bem desagradável por toda a espinha porque acho que foi... bem, um atrevimento pavoroso. Uma terrível falta de educação. Absolutamente imperdoável. Ela disse: "A senhora conseguiria descobrir se o pai dela matou a mãe ou se a mãe matou o pai?"

— Ela disse isso para a senhora? Pediu que fizesse *isso*?

56   · AGATHA CHRISTIE ·

— Pediu.

— E ela não a conhecia? Quero dizer, além do fato de ser uma autora e estar num evento?

— Ela nunca trocara uma palavra comigo. Nunca fomos apresentadas.

— Não achou isso extraordinário?

— Não sei se acharia extraordinária qualquer coisa dita por aquela mulher. Ela me pareceu — falou Mrs. Oliver —, se me permite dizer, uma mulher particularmente odiável.

— Ah, sim. Ela é particularmente odiável.

— E você vai se casar com o filho dela?

— Bem, nós consideramos a questão. Eu não sei. A senhora sabia a que ela estava se referindo?

— Bem, sei o que imagino que qualquer um que conheceu a sua família saberia.

— Que meus pais, depois de ele se aposentar do Exército, compraram uma casa no campo, que saíram para caminhar juntos, seguindo uma rota ao longo de um penhasco. Que foram encontrados lá, ambos mortos a tiros. Havia um revólver caído por perto. Pertenceu ao meu pai. Ele tinha dois revólveres em casa, pelo visto. Não havia nada que revelasse se foi um pacto de suicídio ou se meu pai matou minha mãe e então se matou, ou se minha mãe matou meu pai e então se matou. Mas talvez a senhora já saiba de tudo isso.

— Sei uma versão disso — confirmou Mrs. Oliver. — Aconteceu, creio eu, cerca de doze anos atrás.

— Aproximadamente, sim.

— E você tinha 12 ou 14 anos na época.

— Sim...

— Não sei muito a respeito do caso — disse Mrs. Oliver. — Eu mesma nem estava na Inglaterra. Na época... eu estava em uma turnê de palestras pelos Estados Unidos. Apenas li a notícia no jornal. Recebeu muita atenção da mídia porque era difícil saber os fatos... não parecia haver motivo. Seus pais sempre foram felizes juntos e tinham uma relação boa.

Lembro de isso ser mencionado. Eu me interessei porque conheci seus pais quando éramos muito mais jovens, em especial sua mãe. Fomos colegas de escola. Depois disso, nossos caminhos se separaram. Eu me casei e me mudei, e ela se casou e partiu, até onde me lembro, para a Malásia britânica ou algum canto assim, com o marido soldado. Mas ela me pediu para ser madrinha de um dos seus filhos. Você. Como que seus pais estavam morando no exterior, eu os vi pouquíssimo por muitos anos. Eu via você de tempos em tempos.

— Sim. Você costumava me buscar na escola. Eu me lembro. E me servia refeições particularmente boas, também. Comida maravilhosa, você me dava.

— Você era uma criança diferente. Gostava de caviar.

— Ainda gosto — disse Celia —, apesar de não me oferecerem mais com tanta frequência.

— Fiquei em choque ao ler sobre o acontecido no jornal. Pouquíssimo foi dito. Concluí que foi um veredito em aberto. Sem motivo em particular. Nada para mostrar. Sem relatos de brigas, sem indício de um ataque de origem externa. Fiquei chocada com a história — contou Mrs. Oliver —, então me esqueci. Imaginei uma ou duas vezes o que poderia ter levado a isso, mas como não estava no país, eu estava numa turnê pelos Estados Unidos, como disse, a coisa toda escapuliu da mente. Eu apenas a vi alguns anos depois de tudo, e naturalmente não trouxe o assunto à tona.

— Não — disse Celia. — Obrigada por isso.

— Por toda a vida — continuou Mrs. Oliver —, nós esbarramos nas coisas mais curiosas que acontecem com amigos ou conhecidos. Com amigos, é claro, frequentemente se tem alguma ideia do que levou a... o que quer que tenha acontecido. Mas se faz muito tempo desde que ouviu falar das pessoas ou conversou com elas, você fica deveras no escuro e não há ninguém para quem possa demonstrar muita curiosidade em relação ao ocorrido.

— Você sempre foi muito gentil comigo — disse Celia. — Mandava bons presentes, um presente particularmente bom quando fiz 21 anos, eu me lembro.

— É nessa época que garotas precisam de um pouco mais de dinheiro na mão — comentou Mrs. Oliver —, porque há tantas coisas que querem fazer e ter.

— Sim, sempre a considerei uma pessoa compreensiva e não... bem, a senhora sabe como algumas pessoas são. Sempre questionando e fazendo perguntas e querendo saber tudo a seu respeito. A senhora nunca fez perguntas. Costumava me levar a apresentações ou me dar boas refeições e falar comigo como se, bem, como se tudo estivesse bem e a senhora fosse só uma parente distante da família. Sou muito grata por isso. Conheci tanta gente intrometida na vida.

— Verdade. Todo mundo se depara com essa gente mais cedo ou mais tarde — disse Mrs. Oliver. — Mas agora você entende o que me chateou nessa festa em particular. Achei extraordinário que uma completa estranha como Mrs. Burton-Cox me pedisse para fazer tal coisa. Não consigo imaginar por que ela gostaria de saber. Não era do assunto dela, com certeza. A menos que...

— O que a senhora pensou foi: ao menos que tivesse algo a ver com o casamento com Desmond. Desmond é o filho.

— Sim, suponho que sim, mas não pude ver como ou por que isso seria da conta dela.

— Tudo é da conta dela. Ela é enxerida... na verdade, ela é como a senhora a descreveu, uma mulher odiosa.

— Mas imagino que Desmond não seja odioso.

— Não. Não, gosto muito de Desmond, e Desmond gosta de mim. Eu não gosto é da mãe dele.

— Ele gosta da mãe?

— Não sei bem — disse Celia. — Imagino que ele possa gostar dela... tudo é possível, não é? De qualquer forma, não quero me casar logo, não tenho vontade. E há uma grande quantidade de... ah, bem, dificuldades, sabe, há muitos prós e contras. Deve ter deixado você bastante curiosa... Quero dizer, por que Mrs. Enxerida-Cox teria lhe pedido para tentar arrancar informações de mim e depois contar tudo a ela... A senhora está me fazendo essa pergunta em particular, por sinal?

— Você quer dizer, se estou perguntando se acha que sua mãe matou seu pai ou seu pai matou sua mãe ou se foi um suicídio duplo? É isso que quer dizer?

— Bem, imagino que sim, de certa forma. Mas creio que precise perguntar também, *se* a senhora estivesse querendo me perguntar isso, se sua intenção seria passar a informação obtida a Mrs. Burton-Cox, caso a obtivesse.

— Não — respondeu Mrs. Oliver. — Com bastante certeza, não. Eu não sonharia em contar àquela mulher odiosa qualquer coisa do tipo. Direi a ela, com bastante firmeza, que não é nada da conta dela ou minha, e que eu não tenho nenhuma intenção de obter informações de você e relatar a ela.

— Bem, foi o que pensei — disse Celia. — Imaginei que pudesse confiar na senhora a esse ponto. Não me importo de lhe contar o que eu de fato sei. Nessas circunstâncias.

— Você não precisa. Não estou pedindo que faça.

— Não. Isso é bem visível. Mas vou lhe dar a resposta mesmo assim. A resposta é... nada.

— Nada — repetiu Mrs. Oliver, pensativa.

— Não. Eu não estava lá na época. Quer dizer, eu não estava na casa. Não consigo me lembrar agora de onde exatamente estava. Creio que estudando na Suíça, ou passando as férias na casa de uma amiga da escola. Veja bem, tudo se bagunçou bastante em minha mente a essa altura.

— Imagino — disse Mrs. Oliver, hesitante — que não fosse provável que você *soubesse*. Considerando sua idade na época.

— Eu me interessaria — falou Celia — em saber a opinião da senhora sobre a situação. Acha provável que eu soubesse tudo a respeito? Ou não saber?

— Bem, você disse que não estava na casa. Se estivesse, então sim, creio que seria muito provável que pudesse saber algo. Crianças sabem. Adolescentes sabem. Pessoas dessa faixa etária sabem muito, veem muito, não falam a respeito com muita frequência. Mas elas sabem, sim, coisas que o mundo externo não saberia, e elas sabem, sim, de coisas que não estariam dispostas a, digamos assim, contar a investigadores da polícia.

— Não. A senhora está sendo muito sensata. Eu não saberia dizer. Não creio que eu soubesse. Não creio que tivesse a menor ideia. O que a polícia pensou? Espero que não se importe com minha pergunta, porque eu gostaria de saber. Veja, nunca li nenhum relato do inquérito nem nada assim, ou da investigação realizada.

— Creio que pensaram que foi um suicídio duplo, mas eu não creio que houvesse o menor traço de motivo para tal.

— Quer saber o que eu penso?

— Não se você não quiser que eu saiba — disse Mrs. Oliver.

— Mas imagino que esteja interessada. Afinal, a senhora escreve histórias de crimes sobre pessoas que se matam ou matam umas às outras, ou que têm motivos para as coisas. Eu imaginaria que a senhora estaria interessada.

— Estou, admito que sim — confessou Mrs. Oliver. — Mas a última coisa que quero é ofendê-la ao buscar informações que não são da minha conta.

— Bem, eu me perguntei — disse Celia. — Com frequência, eu me perguntei o porquê, e como, mas sabia pouquíssimo sobre as coisas. Quero dizer, como as coisas estavam em casa. Nas férias anteriores eu fiz um intercâmbio no Continente, então não via minha mãe e meu pai fazia algum tempo. Quero dizer, eles foram à Suíça e me buscaram na escola uma ou duas vezes, mas só. Eles estavam como sempre, mas pareceram mais velhos. Meu pai, creio eu, estava adoecendo. Quero dizer, ficando mais frágil. Não sei se era o coração ou o quê. Não se pensa muito nessas coisas. Minha mãe também estava ficando bastante ansiosa. Não hipocondríaca, mas um pouco sujeita a fazer rebuliço por conta da saúde. Estavam se dando bem, bastante amistosos. Eu não notei nada. Só que às vezes, bem, às vezes temos ideias. Não pensamos que são verdadeiras ou necessariamente corretas, mas nos perguntamos se...

— Não creio que devamos falar mais disso — falou Mrs. Oliver. — Não precisamos saber ou descobrir. A coisa toda está encerrada. O veredito foi bastante satisfatório. Nenhuma intenção, motivo, nem nada aparente. Mas não houve nada sobre seu pai haver deliberadamente matado sua mãe, ou de sua mãe haver deliberadamente matado seu pai.

— Se eu tivesse que pensar na opção mais provável — disse Celia —, eu pensaria que meu pai matou minha mãe. Porque, veja bem, acho mais natural que um homem atire em alguém. Atirar em uma mulher, por qualquer motivo que fosse. Não acho provável que uma mulher, ou uma mulher como minha mãe, fosse atirar em meu pai. Se ela quisesse matá-lo, imagino que escolheria outro método. Mas não creio que qualquer um dos dois quisesse matar o outro.

— Então pode ter sido alguém de fora.

— Sim, mas o que significa "alguém de fora"? — perguntou Celia.

— Quem mais estava na casa?

— Uma governanta idosa, um bocado cega e surda, uma garota estrangeira, uma *au pair*, que já tinha sido minha tutora e era terrivelmente gentil... Ela voltou para cuidar de minha mãe, que estivera no hospital. E havia uma tia de quem nunca gostei muito. Não creio que qualquer um deles teria alguma mágoa dos meus pais. Ninguém lucraria com suas mortes, exceto por, imagino, eu e meu irmão Edward, que era quatro anos mais novo. Herdamos o dinheiro que sobrou, mas não era muito. Meu pai tinha sua pensão, é claro. Minha mãe tinha uma pequena renda própria. Não. Não havia nada de muita importância ali.

— Sinto muito — disse Mrs. Oliver. — Sinto muito se a perturbei com todas essas perguntas.

— A senhora não me perturbou. Apenas trouxe o assunto à minha mente, e isso me interessou. Porque, veja bem, agora já estou mais velha, e de fato queria saber. Eu conhecia e gostava deles, como se gosta dos pais. Não intensamente, só de forma normal, mas percebo que não sei *como* eles eram de verdade. Como era a vida deles. O que *importava* para eles. Não sei nada. E queria de fato saber. É como se algo grudasse na sua cabeça e não desse mais para ignorar. Sim. Eu gostaria de *saber*. Porque então, veja bem, eu não teria mais que pensar no assunto.

— Então você faz isso? Pensa no assunto?

Celia a olhou por um momento. Parecia tentar chegar a uma decisão.

— Sim — respondeu ela —, penso quase o tempo todo. Estou começando a ficar obcecada, se é que me entende. E Desmond se sente da mesma forma.

Capítulo 5

Pecados antigos têm sombras longas

Hercule Poirot deixou a porta giratória guiá-lo para dentro. Interrompendo seu movimento com uma das mãos, ele entrou no restaurante pequeno. Não havia muita gente. Era um horário atípico, mas ele logo avistou o homem que fora encontrar. A silhueta quadrada e forte do Superintendente Spence se levantou da mesa no canto.

— Bom — disse ele. — Você chegou. Não teve dificuldade em encontrar?

— Nenhuma. Suas instruções foram muito apropriadas.

— Permita-me apresentá-los. Este é o Superintendente-Chefe Garroway. Monsieur Hercule Poirot.

Garroway era um homem alto e magro com um rosto fino e austero, além de cabelos grisalhos com uma falha em formato circular no topo da cabeça, como uma tonsura, que lhe emprestavam uma leve semelhança com um eclesiástico.

— Excelente — disse Poirot.

— Já estou aposentado, é claro — respondeu Garroway —, mas me lembro bem. Sim, nós lembramos de certas coisas, mesmo depois que passaram e acabaram, e o público geral provavelmente não se lembra de nada sobre elas. Mas, sim.

Hercule Poirot quase disse "Elefantes nunca esquecem", mas se conteve a tempo. Essa expressão estava tão associada a Mrs. Ariadne Oliver em sua mente que ele achava difícil segurá-la em muitas situações claramente inadequadas.

— Espero que não tenha ficado impaciente — disse o Superintendente Spence.

Ele puxou uma cadeira, e os três se sentaram. Um menu foi trazido. O Superintendente Spence, que era claramente viciado naquele restaurante em particular, ofereceu recomendações tentadoras. Garroway e Poirot fizeram suas escolhas. Então, inclinando-se um pouco para trás nas cadeiras e bebericando taças de xerez, eles contemplaram uns aos outros durante alguns minutos de silêncio antes de falar.

— Devo pedir desculpas — começou Poirot. — Realmente devo pedir desculpas por chegar até os senhores com demandas a respeito de uma questão que está terminada e encerrada.

— O que me interessa — respondeu Spence — é o que despertou seu interesse. De início, achei inesperado de sua parte ter esse desejo de mergulhar no passado. Está conectado com algo que aconteceu há pouco tempo, ou é apenas uma curiosidade súbita sobre um caso bastante, talvez, inexplicável? Concorda com isso?

Ele olhou para o outro lado da mesa.

— Inspetor Garroway — continuou —, em sua posição na época, foi o oficial responsável pela investigação da morte dos Ravenscroft. Ele é um velho amigo meu, então não tive dificuldade em contatá-lo.

— E ele foi gentil o bastante para vir aqui hoje — disse Poirot — apenas porque devo admitir uma curiosidade que certamente não tenho nenhum direito de sentir sobre uma questão que está passada e encerrada.

— Bom, eu não diria isso — respondeu Garroway. — Todos nós temos interesses em certos casos do passado. Será que Lizzie Borden realmente matou os pais com um machado? Há pessoas que ainda acham que não. Quem matou Charles Bravo, e por quê? Há diversas teorias diferentes, a maioria sem muito fundamento. Mas, ainda assim, as pessoas tentam encontrar explicações alternativas.

Seus olhos perspicazes e astutos olharam de volta para Poirot.

— E Monsieur Poirot, se não me engano, já mostrou em outras ocasiões uma tendência a investigar casos, a voltar no tempo, digamos assim, atrás de homicídios, duas, talvez três vezes.

— Três vezes, com certeza — disse o Superintendente Spence.

— Uma vez, se não me engano, a pedido de uma garota canadense.

— Está correto — confirmou Poirot. — Uma canadense muito veemente, muito passional, muito insistente, que veio investigar um homicídio pelo qual a mãe fora condenada à morte, apesar de ter morrido antes de a sentença ser cumprida. Ela estava convencida de que a mãe era inocente.

— E você concordava? — perguntou Garroway.

— Eu não concordei — disse Poirot — a princípio. Mas ela era muito veemente e tinha muita certeza.

— É natural para uma filha desejar que a mãe seja inocente e tentar prová-lo contra todas as aparências — afirmou Spence.

— Era só um pouco mais que isso — explicou Poirot. — Ela me convenceu do tipo de mulher que sua mãe era.

— Uma mulher incapaz de matar?

— Não — disse Poirot. — Seria muito difícil, e tenho certeza de que os senhores concordam comigo, pensar que existe alguém incapaz de homicídio quando se conhece que tipo de pessoa são os homicidas, o que os leva a isso. Mas, nesse caso em particular, a mãe nunca protestou a própria inocência. Parecia estar bem satisfeita em ser sentenciada. Isso foi curioso desde o começo. Seria uma derrotista? Não parecia ser o caso. Quando comecei a investigar, ficou claro que não era derrotista. Ela era, pode-se dizer, quase o oposto disso.

Garroway pareceu interessado. Ele se inclinou sobre a mesa, arrancando um pedaço do pãozinho em seu prato.

— E ela era inocente?

— Sim — respondeu Poirot. — Ela era inocente.

— E isso o surpreendeu?

— Não quando me dei conta — disse Poirot. — Havia uma ou duas coisas, uma em particular, que mostrava que ela *não poderia* ser culpada. Um fato que ninguém observara na época. Sabendo que só era preciso olhar o que estava, digamos assim, escancarado, de forma a olhar para outro lugar.

Truta grelhada foi colocada na frente deles nesse momento.

— Houve outro caso, também, em que você olhou para o passado, não exatamente da mesma maneira — continuou Spence. — Uma garota que disse em uma festa que já vira um assassinato ser cometido.

— Mais uma vez foi preciso... como posso dizer? Dar um passo para trás ao invés de para a frente — disse Poirot. — Sim, isso é muito verdadeiro.

— E a garota vira um assassinato?

— Não — respondeu Poirot —, porque era a garota errada. Essa truta está deliciosa — acrescentou com gosto.

— Todos os pratos de frutos do mar daqui são muito bem preparados — disse o Superintendente Spence.

— Um molho excelente — acrescentou ele.

A apreciação silenciosa da comida preencheu os três minutos seguintes.

— Quando Spence veio me perguntar — contou o Superintendente Garroway — se eu me lembrava de qualquer coisa a respeito do caso Ravenscroft, eu fiquei intrigado e encantado ao mesmo tempo.

— Não esqueceu tudo a respeito?

— Não do caso Ravenscroft. Não era um caso fácil de esquecer.

— Você concorda — disse Poirot — que houve discrepâncias nele? Falta de provas, soluções alternativas?

— Não — respondeu Garroway —, nada desse tipo. Toda a evidência registrava os fatos visíveis. Havia diversos exemplos de mortes assim, sim, tudo muito tranquilo. E ainda assim...

— Bem? — disse Poirot.

— E ainda assim, estava tudo errado — concluiu Garroway.

— Ah — falou Spence. Ele parecia interessado.

— Você já se sentiu assim uma vez, não foi? — questionou Poirot, virando-se para ele.

— No caso de Mrs. McGinty. Sim.

— Você não ficou satisfeito — disse Poirot — quando aquele rapaz extremamente difícil foi preso. Ele tinha todos os motivos, parecia ser o culpado, todos achavam que ele era culpado. Mas você sabia que não tinha sido ele. Tinha tanta certeza que me procurou e me pediu para acompanhá-lo e ver o que eu conseguiria descobrir.

— Ver se poderia ajudar... e você de fato ajudou, não foi? — perguntou Spence.

Poirot suspirou.

— Felizmente, sim. Mas que jovem exaustivo era aquele. Se algum dia existiu um rapaz que merecia ser enforcado era ele; não porque cometera um homicídio, mas porque não ajudava ninguém a provar que não cometera. Agora temos o caso Ravenscroft. O senhor estava dizendo, Superintendente Garroway, que havia algo de errado?

— Havia, eu tinha muita certeza disso, se é que me entende.

— Entendo, sim — disse Poirot. — E Spence também entende. Nós nos deparamos com essas coisas às vezes. As provas estão ali, o motivo, a oportunidade, as pistas, o *mise-en-scène*, está tudo ali. Um diagrama completo, como se poderia dizer. Mas ao mesmo tempo, aqueles de nossa profissão *sabem*. Sabem que está tudo errado, assim como um crítico no mundo artístico sabe quando uma obra está toda errada. Sabe quando é uma falsificação e não a coisa real.

— Também não havia nada que eu pudesse fazer — falou o Superintendente Garroway. — Analisei todos os fatos de frente, de costas e do lado avesso, como se diz. Falei com as pessoas. Não havia nada ali. Parecia ser um pacto de suicídio, tinha toda a cara de um pacto de suicídio. Uma alternativa, é claro, seria o marido ter atirado na esposa, então em si mesmo, ou vice-versa. Todas essas três coisas acontecem. Quando nos deparamos com esses casos, sabemos que já aconteceram. Mas, na maior parte das vezes, temos alguma ideia do *porquê*.

— Não havia nenhuma ideia real do *porquê* nesse caso, é isso? — perguntou Poirot.

— Exato. É isso. Veja bem, o momento em que você começa a investigar um caso e a fazer perguntas a respeito de pessoas e coisas, você estabelece uma imagem muito clara, a rigor, de suas vidas nos últimos tempos. Esse era um casal, envelhecendo, o marido com um bom histórico, uma esposa afetuosa, agradável, os dois se davam bem. Isso se descobre rápido. Viviam uma vida feliz. Saíam para caminhadas, jogavam partidas de piquet, pôquer e paciência juntos à noite, tinham filhos que não causavam nenhuma ansiedade em particular. Um menino em uma escola na Inglaterra e uma menina em um *pensionnat* na Suíça. Não havia nada de errado com suas vidas até onde se podia ver. Do máximo de evidência médica que conseguimos obter, não encontramos nada definitivamente errado com sua saúde. O marido sofrera com pressão alta em algum momento, mas se mantinha em boas condições por meio de medicamentos adequados. A esposa era um pouco surda e tinha um probleminha cardíaco, nada preocupante. É claro que poderia ser, como de fato acontece às vezes, que um ou outro temesse pela própria saúde. Há muitas pessoas que estão com boa saúde, mas se convencem de que têm câncer e não viverão mais um ano. Às vezes isso as leva a tirar a própria vida. Os Ravenscroft não pareciam ser esse tipo de gente. Pareciam ser equilibrados e plácidos.

— Então, o que você pensou de fato? — perguntou Poirot.

— A dificuldade é que eu não conseguia pensar. Olhando para trás, eu disse para mim mesmo que foi suicídio. Só pode ter sido suicídio. Por algum motivo ou outro, eles decidiram que a vida era insuportável. Não por problemas financeiros, não por problemas de saúde, não por infelicidade. E aí, veja bem, cheguei a um ponto final. Tinha todas as evidências de suicídio. Eu não consigo enxergar qualquer outra possibilidade além do suicídio. Foram caminhar. Na caminhada, levaram o revólver. Estava caído entre os dois corpos. Havia digitais borradas de ambos. Ambos, de fato, haviam tocado na arma, mas não havia nada que revelasse quem foi o último a atirar. Tende-se a pensar que o marido talvez tenha atirado na esposa e depois em si. Isso é só porque parece mais provável. Bem, por quê? Muitíssimos anos se passaram. Quando algo me faz lembrar desse caso de vez em quando, algo que li nos jornais sobre corpos, sobre corpos de um marido e uma esposa em algum lugar, caídos mortos após aparentemente tirarem a própria vida, penso no passado e me pergunto de novo o que houve no caso Ravenscroft. Faz doze ou catorze anos, e ainda me lembro do caso Ravenscroft e me faço... bem, só uma pergunta, creio. Por quê... Por quê... Por quê? Será que o marido realmente odiava a esposa e a odiara por muito tempo? Será que a esposa realmente odiava o marido e queria se livrar dele? Eles seguiram se odiando até não conseguirem mais aguentar?

Garroway arrancou mais um pedaço do pão e o mastigou.

— Você tem alguma ideia, Monsieur Poirot? Alguém o procurou e lhe disse algo que despertou seu interesse em particular? Sabe de algo que poderia responder a esse "por quê?"

— Não. Ao mesmo tempo — disse Poirot —, você devia ter uma teoria. Vamos lá, você tinha uma teoria?

— Você está muito certo, é claro. Sempre se tem teorias. Sempre se espera que todas, ou algumas delas, estejam certas, mas não estão em geral. Creio que minha teoria no final das contas fosse que não era possível procurar a causa, porque ninguém sabia o suficiente. O que eu *de fato* sabia a respeito deles? General Ravenscroft tinha quase 60 anos, a esposa, 35. Tudo que eu sabia deles, estritamente falando, era a respeito dos últimos cinco ou seis anos de sua vida. O general havia se aposentado com uma pensão. Os dois voltaram à Inglaterra do exterior, e todas as evidências que chegaram a mim, todo o conhecimento, eram de um período breve durante o qual eles tiveram uma casa em Bournemouth no começo e então se mudaram para onde moravam quando a tragédia ocorreu. Moraram ali em paz, felizes, os filhos visitavam durante as férias escolares. Foi um período pacífico, eu diria, no fim do que se presumia ser uma vida pacífica. Mas então pensei: o quanto eu sabia dessa vida pacífica? Eu sabia da vida depois da aposentadoria na Inglaterra, da família. Não havia motivo financeiro, nem motivo de ódio, nem motivo de envolvimento sexual, de casos amorosos intrusivos. Não. Mas *houve* um período antes disso. O que eu sabia dele? O que eu sabia era de uma vida passada majoritariamente no exterior com visitas ocasionais à terra natal, um bom histórico do homem, lembranças agradáveis dos amigos da esposa sobre ela. Não havia uma tragédia marcante, briga, nada do que se soubesse. Mas, então, eu talvez não soubesse. Não se sabe. Houve um período de, digamos, vinte ou trinta anos, desde a infância até a época em que se casaram, a época em que moraram no exterior, na Malásia britânica e outros lugares. Talvez a raiz da tragédia estivesse ali. Há um provérbio que minha avó costumava repetir: *Pecados antigos têm sombras longas*. Será que a causa de morte tinha uma sombra longa, uma sombra do passado? Não é uma coisa fácil de se descobrir. Você pesquisa o histórico de alguém, ouve o que amigos ou conhecidos dizem, mas não sabe nenhum detalhe interno. Bem, creio que de pouco em pouco a teoria cresceu em minha mente de que esse teria sido o lugar a se olhar, se eu pudesse ter olhado. Algo que acontecera naquela época, quiçá em outro país. Algo que se imaginava ter sido esquecido, ter sido obliterado da existência, mas que, talvez, ainda existisse. Um rancor do passado, algum acontecimento sobre o qual ninguém sabia, que acontecera em outro lugar, não em suas vidas na Inglaterra, mas que poderia ter estado lá. Se soubéssemos onde procurar.

— Não o tipo de coisa, quer dizer — complementou Poirot —, de que alguém se lembraria. Digo, hoje em dia. Algo que nenhum amigo deles na Inglaterra, talvez, soubesse a respeito.

— A maioria dos seus amigos na Inglaterra parece ter sido feita depois da aposentadoria, apesar de eu imaginar que velhos amigos viessem visitá-los ou vê-los de tempos em tempos. Mas ninguém comenta coisas que aconteceram no passado. As pessoas se esquecem.

— Sim — concordou Poirot, de forma pensativa. — As pessoas esquecem.

— Não são como elefantes — disse o Superintendente Garroway, abrindo um sorriso fraco. — Elefantes, como as pessoas sempre dizem, nunca esquecem.

— É curioso que você diga isso — comentou Poirot.

— Sobre longos pecados?

— Nem tanto. Foi sua menção a elefantes que me interessou.

O Superintendente Garroway olhou para Poirot com alguma surpresa. Parecia esperar mais. Spence também lançou um olhar rápido para o velho amigo.

— Algo que aconteceu no Leste, talvez — sugeriu ele. — Quero dizer... bem, é de lá que os elefantes vêm, não é? Ou da África. De qualquer forma, quem estava falando com você sobre elefantes?

— Uma amiga por acaso os mencionou — respondeu Poirot. — Alguém que *você* conhece — completou, se dirigindo para o Superintendente Spence. — Mrs. Oliver.

— Ah, Mrs. Ariadne Oliver. Ora! — Ele pausou.

— Ora o quê? — disse Poirot.

— Ora, então ela sabe de algo? — perguntou ele.

— Não creio que já saiba, mas pode descobrir algo muito em breve. — acrescentou Poirot, pensativo: — Ela é esse tipo de pessoa. Sabe circular, se é que me entende.

— Entendo — disse Spence. — Sim. Ela tem alguma ideia?

— Estão falando de Mrs. Ariadne Oliver, a escritora? — perguntou Garroway com algum interesse.

— Esta mesma — confirmou Spence.

— Ela sabe muito sobre crimes? Sei que escreve histórias de crimes. Nunca soube de onde ela tira as ideias ou os fatos.

— As ideias — disse Poirot — vêm da cabeça dela. Os fatos... bem, isso é mais difícil.

Ele hesitou por um momento.

— No que está pensando, Poirot, algo em particular?

— Sim — respondeu Poirot. — Uma vez eu arruinei uma de suas histórias, ou ao menos é o que ela me diz. Acabara de ter uma ideia excelente a respeito de um fato, algo a ver com uma veste de mangas longas feita de lã. Eu lhe perguntei algo pelo telefone e isso tirou a ideia de sua cabeça. Ela me reprime às vezes.

— Ai, ai — disse Spence. — Parece aquela história da salsa que afundou na manteiga num dia quente. Sabe, Sherlock Holmes e o cão que não fazia nada à noite.

— Eles tinham um cão? — perguntou Poirot.

— Perdão?

— Perguntei se eles tinham um cão. General e Lady Ravenscroft. Eles levaram o cachorro junto na caminhada no dia em que morreram? Os Ravenscroft.

— Eles tinham um cachorro... sim — disse Garroway. — Sim, imagino que eles o levassem para passear na maioria dos dias.

— Se fosse uma das histórias de Mrs. Oliver — comentou Spence —, vocês teriam encontrado o cão uivando sobre os dois corpos. Mas isso não aconteceu.

Garroway balançou a cabeça.

— Eu me pergunto onde está o cão agora — disse Poirot.

— Enterrado no jardim de alguém, imagino — respondeu Garroway. — Isso foi há catorze anos.

— Então não podemos perguntar ao cão, podemos? — falou Poirot. E acrescentou, pensativo: — Uma pena. É surpreendente, sabe, o que cães podem saber. Quem exatamente estava na casa? Quero dizer, no dia em que o crime ocorreu?

— Eu trouxe uma lista — disse o Superintendente Garroway — caso quisesse consultar. Mrs. Whittaker, a velha governanta e cozinheira. Era seu dia de folga, então não conseguimos muita informação útil. Havia uma hóspede, que já fora tutora dos filhos dos Ravenscroft, creio eu. Mrs. Whittaker era bem surda e um pouco cega. Não soube nos dizer nada interessante, exceto que Lady Ravenscroft estivera recentemente no hospital ou numa casa de repouso... para os nervos, mas não uma doença, pelo visto. Havia um jardineiro também.

— Mas um estranho poderia ter vindo de fora. Um estranho do passado. É essa sua ideia, Superintendente Garroway?

— Não tanto uma ideia, mais uma mera teoria.

Poirot ficou em silencio, pensando na época em que ele pedira para voltar no tempo, estudara cinco pessoas do passado que os lembraram da rima infantil "Os cinco porquinhos". Como havia sido interessante, e no fim das contas, recompensador, porque ele descobrira a verdade.

Capítulo 6

Um velho amigo se lembra

Quando Mrs. Oliver voltou para casa na manhã seguinte, encontrou Miss Livingstone esperando por ela.

— Houve dois telefonemas, Mrs. Oliver.

— Sim? — disse Mrs. Oliver.

— O primeiro era da Crichton & Smith. Queriam saber se a senhora escolhera o tecido de brocado verde-limão ou o azul-claro.

— Não me decidi ainda — respondeu Mrs. Oliver. — Lembre-me amanhã de manhã, sim? Quero vê-los à luz da noite.

— E a outra chamada foi de um estrangeiro, um Mr. Hercule Poirot, creio eu.

— Ah, sim — disse Mrs. Oliver. — O que ele queria?

— Perguntou se a senhora poderia telefonar para marcar de vê-lo hoje à tarde.

— Isso será bastante inviável. Ligue para ele, sim? Tenho que sair de novo agora mesmo, na verdade. Ele deixou um número?

— Sim, deixou.

— Muito bem, então. Não precisaremos procurar de novo. Muito bem. Apenas telefone para ele. Diga que sinto muito por não poder, mas que saí atrás de um elefante.

— Perdão? — disse Miss Livingstone.

— Diga que saí atrás de um elefante.

— Ah, sim. — Miss Livingstone olhou atentamente para a patroa a fim de ver se estava correta no sentimento que às vezes tinha de que Mrs. Ariadne Oliver, apesar de ser uma romancista bem-sucedida, ao mesmo tempo não estava exatamente bem da cabeça.

— Nunca cacei elefantes antes — comentou Mrs. Oliver. — Mas é uma atividade bastante interessante.

Ela entrou na sala de estar, abriu o primeiro da pilha de livros variados sobre o sofá, cuja maioria parecia bastante desgastada, depois de ela os revirar na noite anterior e anotar diversos endereços numa folha.

— Bom, é preciso começar em algum lugar — falou ela. — De maneira geral, creio que Julia ainda tenha alguns parafusos na cabeça, então eu poderia começar por ela. Ela sempre tivera ideias e, afinal, conhecia aquela parte do país porque morava ali perto. Sim, creio que começarei com Julia.

— Há quatro cartas aqui para a senhora assinar — disse Miss Livingstone.

— Não posso ser incomodada agora — respondeu Mrs. Oliver. — Eu realmente não posso perder um momento. Preciso chegar até Hampton Court, e a viagem é longa.

A honrável Julia Carstairs, se esforçando para sair da poltrona com alguma dificuldade, a dificuldade que as pessoas de mais de 70 anos têm para se levantar depois de um descanso prolongado, até mesmo de uma possível soneca, deu um passo para a frente, apertando um pouco os olhos para quem é que havia acabado de ser anunciado pela fiel empregada que compartilhava o apartamento no qual morava por seu status de integrante do "Lar para os privilegiados". Sendo um pouco surda, não entendeu o nome com muita clareza. Mrs. Gulliver. Seria isso? Mas ela não se lembrava de uma Mrs. Gulliver. Avançou com joelhos bastante trêmulos, ainda espiando à frente.

— Não imagino que vá se lembrar de mim, faz muitos anos desde que nos encontramos.

Como muitos idosos, Mrs. Carstairs se lembrava melhor de vozes do que de rostos.

— Ora — exclamou — é... minha nossa, é Ariadne! Minha querida, que ótimo vê-la.

Cumprimentos foram trocados.

— Eu estava nesse canto do mundo por acaso — explicou Mrs. Oliver. — Precisei descer para visitar alguém não muito longe daqui. Então me lembrei de que, ao olhar minha caderneta de endereços na noite passada, esse lugar ficava bem perto do seu antigo apartamento. Adorável, não é? — acrescentou, olhando ao redor.

— Não era ruim — respondeu Mrs. Carstairs. — Não é tudo aquilo que prometem ser, sabe? Mas tem muitas vantagens. Podemos trazer nossa própria mobília e coisas assim, e tem um restaurante central onde podemos fazer refeições, ou podemos fazer nossas próprias coisas, é claro. Ah, sim, é muito bom, de fato. O terreno é adorável e cuidado com esmero. Mas sente-se, Ariadne, por favor, sente-se. Você parece muito bem. Vi no jornal que esteve em um almoço literário esses dias. Que curioso ler sobre uma pessoa no jornal e quase no dia seguinte encontrá-la! Um tanto extraordinário.

— Eu sei — concordou Mrs. Oliver, aceitando a cadeira que lhe era oferecida. — Essas coisas realmente acontecem, não é?

— Você ainda está morando em Londres?

Mrs. Oliver disse que sim, que ainda vivia em Londres. Então prosseguiu com o que viera à sua mente, lembranças vagas de aulas de dança enquanto criança, passos de abertura da quadrilha irlandesa, Lancers. Avançar, recuar, mãos estendidas, duas voltas, uma pirueta e aí por diante.

Perguntou sobre a filha de Mrs. Carstairs e os dois netos, e também sobre a outra filha, o que andava fazendo. Aparentemente fazia o que quer que fosse na Nova Zelândia. Mrs. Carstairs não parecia ter muita certeza do quê. Algum tipo de pesquisa social. Mrs. Carstairs pressionou uma campainha elétrica que ficava no braço da poltrona e ordenou que Emma trouxesse chá. Mrs. Oliver implorou para que não se preocupasse. Julia Carstairs respondeu:

— É claro que Ariadne tem que tomar chá.

As duas senhoras se inclinaram nos assentos. As segundas e terceiras partes da coreografia de quadrilha. Velhos amigos. Filhos dos outros. A morte de amigos.

— Deve fazer anos desde a última vez que a vi — comentou Mrs. Carstairs.

— Creio que tenha sido no casamento dos Llewellyns — disse Mrs. Oliver. — Sim, deve ter sido. Como Moira estava pavorosa de madrinha. Aquele tom nada lisonjeiro de damasco que usavam.

— Eu sei. Não combinou mesmo.

— Não creio que os casamentos hoje em dia sejam nem de longe tão bonitos quanto eram no nosso tempo. Às vezes parecem usar roupas muitíssimo peculiares. Um dia desses, uma amiga foi a um casamento e me disse que o noivo usava algo feito com uma espécie de cetim branco acolchoado com babados no pescoço. Renda valenciana, acho. *Muitíssimo* peculiar. E a garota usava um conjunto com terno e calça. Também era branco, mas todo estampado de trevos verdes.

— Ora, minha cara Ariadne, mal dá para imaginar. Realmente, extraordinário. Na igreja, ainda por cima. Se eu fosse o padre, me negaria a casar os dois.

Chá veio. Conversa seguiu.

— Eu vi minha afilhada, Celia Ravenscroft, outro dia — contou Mrs. Oliver. — Lembra dos Ravenscroft? Faz muitos anos, é claro.

— Os Ravenscroft? Agora, espere aí. Foi uma tragédia muito triste, não foi? Um suicídio duplo, não foi esse o veredito da polícia? Perto da casa deles, em Overcliffe.

— Você tem uma memória estupenda, Julia — elogiou Mrs. Oliver.

— Sempre tive. Apesar de ter dificuldades com nomes às vezes. Sim, foi muito trágico, não foi?

— Muito trágico mesmo.

— Um de meus primos conheceu o casal muito bem na Malásia britânica, Roddy Foster, sabe. O General Ravenscroft teve uma carreira deveras distinta. É claro, estava um pouco surdo quando se aposentou. Nem sempre escutava bem o que se dizia.

— Você se lembra bem deles?

— Ah, sim. Não dá para se esquecer de pessoas, dá? Quero dizer, moraram em Overcliffe por bons cinco ou seis anos.

— Esqueci o nome dela agora — disse Mrs. Oliver.

— Margaret, acho. Mas todo mundo a chamava de Molly. Sim, Margaret. Tantas pessoas se chamavam Margaret naquela época, não? Ela costumava usar uma peruca, lembra?

— Ah, sim — disse Mrs. Oliver. — Não consigo me lembrar com detalhes, mas creio que lembro.

— Tenho a impressão de que ela tentou me convencer a arranjar uma. Falou que era útil para idas ao exterior ou viagens. Ela tinha quatro perucas diferentes. Uma para a noite e uma para viagens e uma... muito estranha, sabe? Você podia colocar um chapéu por cima sem bagunçar.

— Eu não os conhecia tão bem quanto você — disse Mrs. Oliver. — E, é claro, na época das mortes, eu estava em uma turnê de palestras pelos Estados Unidos. Então realmente nunca ouvi muitos detalhes.

— Bem, é claro, foi um grande mistério — falou Julia Carstairs. — Quero dizer, ninguém sabia muita coisa. Havia muitas histórias diferentes circulando.

— O que disseram sobre o inquérito... Imagino que tenha havido um inquérito?

— Ah, sim, claro. A polícia teve que investigar. Foi um desses casos vagos, sabe, no sentido de que a morte foi causada pelos tiros. Eles não conseguiram dizer em definitivo o que acontecera. Parecia possível que o General Ravenscroft houvesse atirado na esposa e então em si mesmo, mas ao que parecia era igualmente provável que Lady Ravenscroft houvesse matado o marido e então se suicidado. Mais provável, na minha opinião, que *houvesse sido* um pacto de suicídio, mas não foi possível definir com certeza.

— Não pareceu haver possibilidade de ter sido um crime?

— Não, não. Foram bem claros sobre não haver sugestão de ato criminoso. Quero dizer, não havia pegadas ou sinal de qualquer um se aproximando. Eles saíram de casa para uma caminhada depois do chá da tarde, como faziam com frequência. Quando não voltaram para o jantar, o empregado ou alguém ou o jardineiro, quem quer que fosse, saiu para procurá-los e encontrou os dois mortos. O revólver estava caído entre os corpos.

— O revólver pertencia a ele, não?

— Ah, sim. Ele tinha dois revólveres na casa. Esses ex-militares frequentemente têm, não é? Quero dizer, se sentem mais seguros assim, com tudo que está acontecendo hoje em dia. O segundo revólver estava numa gaveta da casa, de forma que ele... bem, é presumível que *ele* tenha saído deliberadamente com o revólver. Não acho provável que ela tenha saído para caminhar com um revólver.

— Não. Não teria sido muito fácil, teria?

— Mas aparentemente não havia nada nas evidências que revelasse qualquer tipo de infelicidade ou briga entre eles ou para cometerem suicídio. É claro, nunca se sabe que coisas tristes acontecem na vida das pessoas.

— Não mesmo — concordou Mrs. Oliver. — Nunca se sabe. Como isso é verdadeiro, Julia. Você mesma tinha alguma ideia?

— Bem, a gente sempre se pergunta, minha querida.

— Sim — disse Mrs. Oliver —, a gente sempre se pergunta.

— É claro que poderia ser, veja bem, que ele tivesse alguma doença. Creio que ele poderia ter ouvido que morreria de câncer, mas não foi o caso, segundo as evidências médicas. Ele estava bastante saudável. Quero dizer, acho que ele já tivera uma... como é que chamam essas coisas? Coronária, é isso? Soa meio como "coroa", não é? Mas na verdade é um ataque cardíaco, não é? Ele já tivera isso, mas se recuperara, e ela era, bem, ela era bastante nervosa. Sempre foi neurótica.

— Sim, creio me lembrar disso — afirmou Mrs. Oliver. — É claro que eu não conhecia o casal bem, mas... — Ela perguntou de súbito: — Ela estava de peruca?

— Ah. Bem, sabe, realmente não me lembro. Ela sempre usava sua peruca. Uma delas, quero dizer.

— Eu só estava pensando — disse Mrs. Oliver. — De alguma forma, sinto que se você pretendesse se dar um tiro, ou sequer dar um tiro no marido, não creio que usaria uma peruca, usaria?

As senhoras discutiram esse aspecto com algum interesse.

— O que você realmente pensa, Julia?

— Bem, como falei, minha cara, a gente sempre se pergunta, sabe. Houve comentários, mas, pensando bem, sempre há.

— Sobre ele ou ela?

— Bem, comentaram que havia uma moça mais jovem, sabe? Sim, creio que trabalhasse para ele como secretária. Ele estava escrevendo um livro de memórias de sua carreira no exterior, acho que inclusive já contratado por uma editora, aliás, e costumava ditá-lo para ela. Mas algumas pessoas disseram... bem, você sabe o que dizem às vezes, que talvez ele tivesse se, hã, envolvido com essa mulher de alguma forma. Ela não era muito jovem. Tinha mais de 30 anos e não era muito bonita, e não acho que... ela não estava metida em escândalos nem nada, mas, ainda assim, nunca se sabe. As pessoas achavam que ele poderia ter matado a esposa porque queria... bem, porque poderia querer se casar com a outra, sim. Mas eu realmente não acho que as pessoas dissessem esse tipo de coisa, e *eu* nunca acreditei.

— O que você achava?

— Bem, é claro que me perguntei um pouco a respeito *dela*.

— Quer dizer se havia um homem?

— Creio que aconteceu alguma coisa na Malásia britânica. Algum tipo de história que ouvi sobre ela. Que ela se enroscou com algum rapaz muito mais jovem. E o marido não gostou muito, e isso causou um pequeno escândalo. Eu esqueci onde. Mas, de qualquer forma, isso foi há muito tempo, e não creio que tenha dado em nada.

— Não acha que havia nenhum outro boato mais recente? Nenhum relacionamento especial com alguém da vizinhança? Não houve evidência de brigas entre os dois, nem nada desse gênero?

— Não, acho que não. É claro que li tudo sobre o assunto na época. As pessoas comentavam, é claro, porque ninguém conseguia evitar pensar que poderia haver alguma... bem, alguma história de amor bastante trágica conectada ao caso.

— Mas você acha que não havia? Eles tiveram filhos, não tiveram? Havia minha afilhada, é claro.

— Ah, sim, e houve um filho. Acho que era bem jovem. Estava estudando em algum canto. A garota tinha apenas 12 anos, não... mais velha que isso. Ela estava com uma família na Suíça.

— Não havia nenhum... problema mental, imagino, na família?

— Ah, você se refere ao garoto... Sim, *poderia* haver, é claro. A gente realmente ouve coisas muito estranhas. Houve aquele garoto que atirou no pai, acho que em algum lugar perto de Newcastle. Alguns anos antes disso. Sabe. Ele estivera muito deprimido, e acho que a princípio disseram que tentou se enforcar quando estava na universidade, então ele foi lá e atirou no pai. Mas ninguém sabia bem por quê. De qualquer forma, não havia nada daquele tipo com os Ravenscroft. Não, acho que não, na verdade, tenho bastante certeza. Não consigo deixar de pensar, de certa forma...

— Sim, Julia?

— Não consigo deixar de pensar que poderia ter havido um homem.

— Você quer dizer que ela...?

— Sim, bem... parece muito provável, sabe. As perucas, para começo de conversa.

— Não vejo o que as perucas têm a ver com isso.

— Ora, querer melhorar a própria aparência.

— Ela tinha 35 anos, creio eu.

— Tinha mais. Mais. Acho que 36. E, bem, sei que ela me mostrou as perucas uma vez, e uma ou outra de fato a deixava muito atraente. E ela usava uma boa quantidade de maquiagem. E tudo isso começou logo depois de se mudarem para lá, acredito. Ela era uma mulher muito bonita.

— Você quer dizer que ela poderia ter conhecido alguém, algum homem?

— Bem, sempre foi o que eu pensei — disse Mrs. Carstairs.

— Veja bem, se um homem está escapulindo com uma moça, as pessoas em geral notam porque os homens não são muito bons em esconder rastros. Mas uma mulher, pode ser... bem, quero dizer, por exemplo, alguém que ela havia conhecido e ninguém sabia muito a respeito.

— Ah, você acha mesmo, Julia?

— Não, eu não acho — respondeu Julia —, porque, bem, as pessoas sempre sabem, não sabem? Quero dizer, os empregados, ou jardineiros, ou motoristas de ônibus. Ou alguém na vizinhança. E eles sabem. E comentam. Mas, ainda assim, poderia ter acontecido algo semelhante, e ou ele descobriu...

— Quer dizer que foi um crime de ciúmes?

— Sim, eu acho que sim.

— Então você acha que é mais provável que ele tenha atirado nela, então em si mesmo, do que ela ter atirado nele e então em si.

— Bem, sim, porque acho que, se ela estivesse tentando se livrar dele... bem, não acho que teriam saído para caminhar juntos, porque ela precisaria ter levado o revólver consigo em uma bolsa, e teria que ser uma bolsa bem grande. É necessário pensar no aspecto prático das coisas.

— Eu sei — disse Mrs. Oliver. — Eu penso. É muito interessante.

— Deve ser interessante para você, querida, que escreve essas histórias de crimes. Realmente imagino que você teria ideias melhores. Saberia o que tem mais probabilidade de acontecer.

— Eu não sei o que tem mais probabilidade de acontecer — respondeu Mrs. Oliver —, porque, veja bem, em todas as histórias de crime que escrevo, eu inventei os crimes. Ou seja, o que eu quero que aconteça é o que acontece em minhas histórias. Não é algo que aconteceu de verdade ou que poderia acontecer. Então, na verdade, eu sou a pior pessoa com quem falar sobre esse assunto. Estou interessada em saber o que pensa porque você conhece as pessoas muito bem, Julia, e conhecia o casal muito bem. E acho que ela poderia ter dito algo para você um dia... ou ele poderia.

— Entendo. Sim, mas espere um instante, o que você disse agora parece trazer algo de volta à minha memória.

Mrs. Carstairs inclinou-se na cadeira, balançou a cabeça em dúvida, semicerrou os olhos e entrou em uma espécie de coma. Mrs. Oliver permaneceu em silêncio com uma expressão similar à que mulheres fazem enquanto esperam os primeiros sinais de fervura em uma chaleira.

— Ela de fato comentou algo uma vez, eu lembro, e me pergunto o que quis dizer com aquilo — falou Mrs. Carstairs. — Algo a respeito de começar uma vida nova... ligado, acho, com Santa Teresa. Santa Teresa de Ávila...

Mrs. Oliver pareceu levemente surpresa.

— Mas como Santa Teresa de Ávila se encaixa nisso?

— Bem, eu não sei de verdade. Acho que ela devia estar lendo sua biografia. De qualquer forma, comentou que era maravilhoso como mulheres ganham uma espécie de novo gás. Não usou exatamente essa expressão, mas algo do gênero. Sabe, quando elas estão com 40 ou 50 anos ou por volta dessa idade e de súbito querem começar uma vida nova. Teresa de Ávila começou. Ela não fizera nada especial até aquele momento exceto ser freira, então saiu reformando todos os conventos, não foi? E saiu abanando as tranças e se tornou uma grande santa.

— Sim, mas isso não parece ser bem a mesma coisa.

— Não, não parece — disse Mrs. Carstairs. — Mas as mulheres de fato usam termos muito bobos quando falam de seus casos amorosos bem-sucedidos. Sobre como nunca é tarde demais.

Capítulo 7

De volta ao berçário

Mrs. Oliver olhou com bastante dúvida para os três degraus e a porta da frente de um pequeno chalé de aparência um tanto dilapidada na rua lateral. Abaixo das janelas, alguns bulbos cresciam, em sua maioria tulipas.

Mrs. Oliver parou, abriu a pequena caderneta de endereços, verificou que estava no lugar certo e usou a aldrava para bater suavemente depois de tentar pressionar uma campainha possivelmente elétrica, mas que não pareceu produzir nenhum som satisfatório do lado de dentro nem nada assim. Como não conseguiu qualquer resposta, ela bateu de novo. Dessa vez, houve sons no interior. Passos arrastados, uma respiração asmática e mãos aparentemente tentando abrir a porta. Somado a isso, alguns ecos vagos soaram dentro da caixa de correio.

— Ah, desgraça. Desgraça. Travou de novo, essa porcaria.

Enfim o mecanismo interior funcionou, e a porta, emitindo um rangido bastante duvidoso, abriu devagar. Uma mulher muito velha de rosto enrugado, ombros caídos e uma aparência geral de artrite, olhou para a visita. Seu rosto não era receptivo. Não demonstrava qualquer sinal de medo, apenas de desgosto por pessoas que vinham bater na porta do castelo de uma inglesa. Ela poderia ter 70 ou 80 anos, mas ainda era uma defensora valente de seu lar.

— Não sei o que você veio fazer aqui e eu... — Ela parou. — Ora, é Miss Ariadne. Mas eu nunca imaginaria! É Miss Ariadne.

— A senhora é maravilhosa por me reconhecer — disse Mrs. Oliver. — Como está, Mrs. Matcham?

— Miss Ariadne! Mas imagine só isso.

Fazia, pensou Mrs. Ariadne Oliver, muito tempo que ninguém se dirigia a ela como Miss Ariadne, mas a entonação da voz, por mais afetada pela idade que estivesse, soava uma nota familiar.

— Entre, minha querida — falou a velha dama —, entre já. Você tá com aparência boa, sabe. Num sei quantos anos tem desde que te vi. Quinze, pelo menos.

Fazia bem mais de quinze, mas Mrs. Oliver não a corrigiu. Entrou. Mrs. Matcham tinha mãos trêmulas e nada dispostas a obedecer às ordens da dona. Conseguiu fechar a porta e, arrastando os pés e mancando, entrou em um pequeno recinto que era obviamente mantido para receber quaisquer visitantes esperados ou inesperados que Mrs. Matcham admitisse em sua casa. Havia um número grande de fotos, algumas de bebês, algumas de adultos. Algumas estavam em belas molduras de couro que lentamente despencavam, mas ainda permaneciam inteiras. Outra, em uma moldura prateada já bastante manchada, mostrava uma jovem com um vestido de apresentação para a Corte Vitoriana e plumas sobre a cabeça. Dois oficiais navais, dois rapazes militares, algumas fotos de bebês nus estirados em tapetes. Havia um sofá e duas poltronas. Conforme ordenada, Mrs. Oliver se sentou numa poltrona. Mrs. Matcham afundou no sofá e, com alguma dificuldade, encaixou uma almofada na lombar.

— Ora, querida, que bom te ver. Você ainda escreve suas histórias bonitas, sim?

— Sim — respondeu Mrs. Oliver, ligeiramente em dúvida sobre até onde histórias de detetives e histórias de crimes e comportamento criminoso em geral poderiam ser chamadas de "histórias bonitas". Mas esse, pensou ela, era um hábito muito característico de Mrs. Matcham.

— Estou totalmente sozinha agora — disse Mrs. Matcham.

— Você lembra de Gracie, minha irmã? Morreu no outono passado, foi. Câncer. Fizeram uma cirurgia, mas era tarde demais.

— Minha nossa, sinto muito — respondeu Mrs. Oliver.

A conversa prosseguiu pelos dez minutos seguintes no assunto do decesso, um por um, dos últimos parentes restantes de Mrs. Matcham.

— E você vai bem, vai? Vai indo direitinho? Está de marido já? Ah, agora, eu me lembro, ele morreu anos atrás, num foi? E o que traz você aqui, pra Little Saltern Minor?

— Eu estava na vizinhança — explicou Mrs. Oliver —, e como tinha seu endereço em minha caderneta, imaginei que poderia dar um pulo e... bem, ver como a senhora estava e tudo o mais.

— Ah! E falar dos velhos tempos, talvez. Sempre bom quando dá pra fazer isso, num é?

— Sim, de fato — disse Mrs. Oliver, sentindo algum alívio ao ouvir essa frase em particular, já que era mais ou menos isso que ela fora fazer ali. — Quantas fotos a senhora tem.

— Ah, tenho mesmo, num é? Sabe, quando eu tava naquela casa de repouso... que nome bobo que tinha. Lar do pôr do sol para felicidade de idosos, algo assim, morei lá um ano e três meses até num conseguir aguentar mais, um bando de idiotas eles eram, dizendo que você num podia ter suas próprias coisas. Sabe, tudo precisava ser da casa. Num digo que num era confortável, mas sabe, eu gosto das minhas coisas todas comigo. Minhas fotos e meus móveis. E daí chegou uma senhora muito gentil, tinha vindo de um Conselho, uma sociedade ou outra, e me falou que conhecia outro lugar que tinham casas próprias ou algo assim, e você podia levar o que quisesse junto. E tem essa ajudante tão boa que vem todo dia ver se você tá bem. Ah, muito confortável que fiquei aqui. Muito confortável, sim. Tenho as minhas coisas todas aqui.

— Uma coisa de cada lugar — comentou Mrs. Oliver, olhando ao redor.

— Sim, aquela mesa, a de cobre, é do Capitão Wilson, ele me mandou de Singapura ou algo assim. E é cobre de Varanasi, além do mais. Bonita, num é? E tem uma coisa engraçada no cinzeiro. É do Egito, esse. É um escaravelho, ou algum nome assim. Sabe? Parece um tipo de sarna, mas num é. Não, é um tipo de besouro e é feito de alguma pedra. Chamam de pedra preciosa. Azul brilhante. Um lábio... um lário... um lábio casulo, ou alguma coisa assim.

— Lápis-lazúli — disse Mrs. Oliver.

— Isso. É isso mesmo que é. Muito bonita, é sim. Essa foi meu menino arqueólogo que escavou. Ele que me mandou.

— Tudo do seu passado adorável — comentou Mrs. Oliver.

— Sim, todos os meus meninos e meninas. Alguns deles como bebês, alguns eu cuidei desde o primeiro mês, e os mais velhos. Alguns deles quando eu fui pra Índia e aquela outra vez que estive no Sião. Sim. Ali está Miss Moya em seu vestido para a corte. Ah, ela era uma coisinha linda. Divorciou de dois maridos, foi sim. É. Problemas com seu lorde, o primeiro, então casou com um desses cantores famosos, e é claro que num vingou. E aí ela casou com alguém na Califórnia. Eles tinham um iate e iam pra tudo que é canto, eu acho. Morreu dois ou três anos atrás, e só tinha 62 anos. Uma pena morrer tão jovem, sabe.

— A senhora mesma esteve em diversas partes do mundo, não esteve? — perguntou Mrs. Oliver. — Índia, Hong Kong, então Egito e América do Sul, não foi?

— Ah, sim. Eu circulei muito.

— Eu me lembro — disse Mrs. Oliver —, quando eu estava na Malásia britânica, que você estava lá com uma família em serviço, não estava? Um general qualquer coisa. Não era... espere um minuto, não consigo me lembrar do nome... não eram General e Lady Ravenscroft, eram?

— Não, não, você confundiu os nomes. Tá pensando em quando eu estava com os Barnaby. Foi isso. Você ficou na casa deles. Lembra? Tava fazendo uma viagem e ficou na casa dos Barnaby. Você era uma velha amiga deles. Ele era juiz.

— Ah, sim — respondeu Mrs. Oliver. — É um pouco difícil. A gente confunde nomes.

— Dois filhos bonzinhos que eles tinham — falou Mrs. Matcham. — É claro que foram estudar na Inglaterra. O menino foi pra Harrow e a garota foi pra Roedean, eu acho, e daí eu parti pra outra família depois. Ah, as coisas têm mudado. Num tem tantas amas, mesmo, como costumava ter. Claro, as amas costumavam dar um pouco de problema de vez em quando. Eu me dava muito bem com a nossa quando estava com os Barnaby, quero dizer. De quem você falou? Os Ravenscroft? Bem, eu lembro deles. É... agora esqueci o nome do lugar onde moravam. Num era longe. As famílias se conheciam, sabe? Ah, sim, foi muito tempo atrás, mas eu lembro de tudo. Ainda tava com os Barnaby, sabe? Fiquei mais um pouco depois que as crianças foram pra escola pra cuidar de Mrs. Barnaby. Cuidar das coisas dela, sabe, e fazer reparos e tudo o mais. Ah, sim, eu tava lá quando aquela coisa horrível aconteceu. Num digo com os Barnaby, mas com os Ravenscroft. É, nunca vou esquecer. De quando ouvi a notícia, quer dizer. Óbvio que eu mesma num tava metida na história, mas foi uma coisa horrível que aconteceu, num foi?

— Imagino que deve ter sido — concordou Mrs. Oliver.

— Foi depois de você ter voltado pra Inglaterra, um tempão, eu acho. Eram um bom casal. Um casal muito bom, e foi um choque pra eles.

— Eu realmente não estou me lembrando — disse Mrs. Oliver.

— Eu sei. A gente se esquece das coisas. Eu mesma num esqueço. Mas dizem que ela sempre foi esquisita, sabe? Desde criança. Tinha uma história de pequena. Ela tirou um bebê do berço e jogou no rio. Ciúme, dizem. As pessoas disseram que ela queria que o bebê fosse pro paraíso sem esperar.

— Está falando de... de Lady Ravenscroft?

— Não, é claro que não. Ah, você num se lembra tão bem quanto eu. Foi a irmã.

— A irmã dela?

— Num tenho certeza se era irmã dela ou dele. Dizem que ela tinha passado muito tempo em algum lugar pra problemas mentais, sabe? Desde que tinha uns 11 ou 12 anos. Internaram a menina, então os médicos falaram que estava tudo bem com ela de novo, e ela saiu. E casou com alguém do Exército. E aí deu problema. A notícia seguinte, eu acho, foi que ela tinha sido internada de novo em um desses lugares pra loucos. Eles tratam você muito bem, sabe? Têm suítes, bons quartos e tudo mais. E os dois iam visitar a moça, eu acho. Quer dizer, o general ia, ou a esposa. As crianças foram criadas por outras pessoas, eu acho, porque ficavam meio assustadas. Mas disseram que ela estava bem da cabeça no fim das contas. Aí ela voltou pra morar com o marido, e aí ele morreu ou algo assim. Problema de pressão, acho que foi, ou coração. De qualquer forma, ela estava muito mexida e foi ficar com o irmão ou irmã, quem quer que fosse, e parecia bem feliz ali e tudo o mais, e gostava muito das crianças, gostava sim. Não o garotinho, eu acho, ele estava na escola. Era a menininha, e outra que tinha ido brincar com ela naquela tarde. Ah, bem, eu num consigo me lembrar dos detalhes agora. Faz tanto tempo. Teve muito falatório sobre o assunto. Teve até quem disse, sabe, que nem tinha sido ela. Achavam que tinha sido a ama, mas a ama adorava os dois e ficou muito, muito triste. Ela quis tirar os dois da casa. Dizia que num era seguro ali e todo o tipo de coisa assim. Mas é claro que os outros num acreditavam, então isso aconteceu e imagino que deve ter sido a tal da fulana, não lembro do nome agora. Enfim, foi isso.

— E o que houve com essa irmã, fosse do General ou de Lady Ravenscroft?

— Bem, eu acho, sabe, que ela foi levada por um médico e colocada em algum lugar e voltou pra Inglaterra, eu acho, no fim das contas. Num sei se ela foi pro mesmo lugar que antes, mas cuidaram bem dela em algum lugar depois. Tinha muito dinheiro, eu acho, sabe. Muito dinheiro na família do marido. Talvez ela tenha ficado boa de novo. Mas bom, num penso nisso tem anos. Não até você vir aqui me perguntar essas histórias do General e da Lady Ravenscroft. Eu me pergunto onde eles estão agora. Já devem ter se aposentado há um tempão.

— Bem, foi bastante triste — respondeu Mrs. Oliver. — Talvez você tenha lido a notícia nos jornais.

— Lido o quê?

— Bem, eles compraram uma casa na Inglaterra, então...

— Ah, agora eu tô lembrando. Me lembro de ler algo sobre isso no jornal. Sim, e de pensar na época que eu conhecia o nome Ravenscroft, mas num consegui lembrar direito quando e como. Caíram dum penhasco, num foi? Algo assim.

— Sim — disse Mrs. Oliver —, algo assim.

— Agora olhe aqui, queridinha, é tão bom te ver. Você tem que me deixar servir uma xícara de chá pra você.

— De verdade — respondeu Mrs. Oliver —, não preciso de chá. De verdade, eu não quero.

— É claro que quer chá. Se você num se importar, vem comigo na cozinha, sim? Quero dizer, eu passo a maior parte do tempo lá agora. É mais fácil de me virar. Mas eu trago as visitas sempre pra cá porque tenho orgulho das minhas coisas, sabe? Orgulho das minhas coisas e orgulho de todas as minhas crianças e tudo.

— Eu acho — disse Mrs. Oliver — que pessoas como a senhora devem ter tido uma vida maravilhosa, com todas as crianças que criou.

— Sim. Eu me lembro de quando você era uma menininha, você gostava de ouvir as histórias que eu contava. Tinha uma sobre um tigre, eu lembro, e outra sobre macacos... Macacos numa árvore.

— Sim — disse Mrs. Oliver —, eu me lembro. Faz muito tempo.

Sua mente voltou para si mesma, uma criança de 6 ou 7 anos, caminhando em botinhas de cano alto apertadas demais numa estrada na Inglaterra e ouvindo uma história sobre a Índia ou o Egito de uma babá. E essa era a babá. Mrs. Matcham era a babá. Ela olhou ao redor enquanto seguia a anfitriã para fora. Para fotos de meninas e de meninos em idade escolar, de crianças e diversas pessoas de meia-idade, todas majoritariamente fotografadas em suas melhores roupas, que foram enviadas em belas molduras ou outras coisas, porque não haviam se esquecido da babá. Por causa deles, provavelmente, a babá estava vivendo uma terceira idade razoavelmente confortável em termos de dinheiro. Mrs. Oliver sentiu um desejo súbito de irromper em lágrimas. Isso era tão inusitado que ela conseguiu se reprimir pela mera força da vontade. Seguiu Mrs. Matcham até a cozinha, onde ela exibiu o presente que havia trazido.

— Ora, quem diria! Uma lata de chá Tophole Thathams. Sempre foi meu preferido. Gentil de sua parte lembrar. Eu mal encontro pra comprar hoje em dia. E é meu chá favorito para beber com biscoitos. Bem, você sempre foi boa de lembrar. Como é que aqueles dois menininhos que vinham brincar chamavam você mesmo, um de Lady Elefante, e o outro de Lady Cisne. O que te chamava de Lady Elefante se sentava nas suas costas, e você ficava de quatro no chão e fingia ter uma tromba que usava pra pegar as coisas.

— A senhora não se esquece de muitas coisas, não é? — disse Mrs. Oliver.

— Ah — respondeu Mrs. Matcham. — Elefantes nunca esquecem. É esse o velho ditado.

Capítulo 8

Mrs. Oliver ao trabalho

Mrs. Oliver entrou na Williams & Barnet, uma farmácia que também disponibilizava diversos cosméticos. Ela parou perto de uma mesinha que continha diversos tipos de remédios para bolhas, hesitou ao lado de uma montanha de esponjas de borracha, caminhou casualmente até o balcão de prescrições, então passou entre os destacados anúncios de produtos de beleza idealizados por Elizabeth Arden, Helena Rubinstein, Max Factor e outros provedores de benefícios para a vida de mulheres.

Enfim parou perto de uma garota um tanto rechonchuda e perguntou sobre certos batons, então soltou uma exclamação de surpresa.

— Ora, Marlene... É Marlene, não é?

— Ah, quem diria. É Mrs. Oliver. Fico tão contente em vê--la. Que maravilhoso. Todas as meninas ficarão muito contentes quando eu contar que a senhora veio fazer compras aqui.

— Não precisa contar — disse Mrs. Oliver.

— Ah, mas tenho certeza de que vão logo trazer seus caderninhos de autógrafos!

— Eu preferiria que não — respondeu Mrs. Oliver. — E como você está, Marlene?

— Ah, indo, indo.

— Eu não sabia se você ainda estaria trabalhando aqui.

— Aqui é bom o bastante, eu acho, e tratam a gente muito bem, sabe? Recebi um aumento no ano passado e sou mais ou menos responsável pelo setor de cosméticos agora.

— E sua mãe? Está bem?

— Ah, sim. Mamãe ficará contente em saber que encontrei a senhora.

— Ela ainda mora na mesma casa descendo a... descendo a estrada logo depois do hospital?

— Ah, sim, continuamos lá. Papai não tem estado tão bem. Passou um tempo internado, mas mamãe está se mantendo muito bem, de fato. Ah, como ficará contente ao ouvir que encontrei a senhora. Está ficando por aqui, por acaso?

— Na verdade, não — disse Mrs. Oliver. — Só estou de passagem. Fui ver uma velha amiga, e me pergunto agora... — Ela olhou para o relógio de pulso. — Será que sua mãe está em casa, Marlene? Eu poderia dar uma passada. Trocar uma palavrinha antes de ir embora.

— Ah, faça isso, sim — respondeu Marlene. — Ela ficará tão contente. Sinto muito por não poder sair daqui e ir junto, mas não creio que, bem, não creio que seria muito bem visto. Sabe, meu turno só acaba daqui a uma hora e meia.

— Bem, quem sabe outro dia. Aliás, não consigo me lembrar bem... era o número 17, ou é uma casa com nome?

— Chama-se Chalé dos Louros.

— Ah, sim, é claro. Que idiota de minha parte. Bem, foi um prazer vê-la.

Ela saiu apressada com um batom que não queria e desceu com seu carro pela rua principal de Chipping Bartram. Depois de passar uma garagem e um hospital, virou numa estrada muito estreita com casinhas de aparência agradável dos dois lados.

Ela deixou o carro do lado de fora do Chalé dos Louros e entrou. Uma mulher magra e energética de cabelo grisalho e cerca de 50 anos abriu a porta e revelou sinais instantâneos de reconhecimento.

— Ora, então é a senhora, Mrs. Oliver. Mas que coisa. Não a vejo há anos e anos.

— Ah, faz muito tempo.

— Ora, pois então entre, entre. Gostaria de uma bela xícara de chá?

— Temo que não — disse Mrs. Oliver — porque já bebi chá com uma amiga, e ainda preciso voltar a Londres. Mas acabei passando na farmácia para comprar uma coisinha e vi Marlene lá.

— Sim, ela tem um emprego ótimo lá. Gostam bastante dela. Dizem que é muito proativa.

— Ora, isso é muito bom. E como está a senhora, Mrs. Buckle? Parece muito bem. Mal envelheceu desde a última vez que a vi.

— Ah, eu não diria isso. Cabelos grisalhos e muito peso perdido.

— Hoje parece ser um dia de encontrar muitos amigos que conhecia antigamente — contou Mrs. Oliver, entrando na casa e deixando-se guiar até uma sala de estar pequena, bastante amontoada. — Não sei se lembra de Mrs. Carstairs... Mrs. Julia Carstairs.

— Oh, é claro que lembro. Sim, lembro bem. Ela deve estar se saindo bem.

— Ah, sim, está mesmo. Mas nós falamos um pouco dos velhos tempos, sabe? Na verdade, chegamos até a falar daquela tragédia que ocorreu. Eu estava nos Estados Unidos na época, então não sabia muito a respeito. Com umas pessoas de nome Ravenscroft.

— Ah, eu me lembro bem disso.

— A senhora trabalhou para eles em algum momento, não foi, Mrs. Buckle?

— Sim. Eu costumava ir três manhãs por semana. Eram pessoas muito boas. Sabe, um cavalheiro e dama militares de verdade, eu diria. A velha guarda.

— Foi algo muito trágico o que houve.

— Sim, foi, de fato.

— A senhora ainda estava trabalhando para eles naquela época?

— Não. Na verdade, eu tinha parado de ir lá. Minha velha tia Emma veio morar comigo e estava um tanto cega, nada bem, e eu não podia dispor do tempo de sair e fazer tarefas para outras pessoas. Mas eu tinha trabalhado para eles até um mês ou dois antes disso.

— Pareceu um acontecimento tão terrível — comentou Mrs. Oliver. — Pelo que entendi, acharam que foi um pacto de suicídio.

— Eu não acredito nisso — rebateu Mrs. Buckle. — Tenho certeza de que nunca cometeriam suicídio juntos. Não pessoas assim. E viviam em tanta paz e harmonia, os dois. É claro, não fazia muito tempo que moravam ali.

— Não, acho que não — concordou Mrs. Oliver. — Moraram em algum lugar perto de Bournemouth assim que chegaram à Inglaterra, não foi?

— Sim, mas acharam que ficava um pouco longe de Londres, então se mudaram para Chipping Bartram. Uma casa muito bonita, era sim, e um belo jardim.

— Os dois estavam bem de saúde na época em que trabalhou para eles?

— Bem, ele sentia um pouco o peso da idade, como acontece com a maioria das pessoas. O general, ele tivera algum tipo de problema cardíaco ou derrame leve. Algo assim, sabe. Tomava remédios e precisava se deitar de vez em quando.

— E Lady Ravenscroft?

— Bem, creio que ela sentia saudades de sua vida no exterior, sabe? Eles não conheciam muita gente ali, apesar de conhecerem um bom número de famílias, é claro, sendo da classe que eram. Mas imagino que não fosse como a Malásia britânica ou esses lugares. Sabe, onde se tem um monte de empregados. Imagino que festas animadas e esse tipo de coisa.

— Acha que ela sentia falta das festas animadas?

— Bem, eu não sei exatamente.

— Alguém me contou que ela tinha começado a usar uma peruca.

— Ah, ela tinha diversas perucas — contou Mrs. Buckle, sorrindo de leve. — Muito elegantes e muito caras. Sabe, de tempos em tempos ela mandava uma de volta para a loja onde as comprava, em Londres, e eles reformavam para ela e devolviam. Tinha de todo tipo. Sabe, tinha uma castanho-avermelhada, e uma com cachinhos cinza por toda a cabeça. De verdade, ficava muito bem naquela. E duas... bem, duas que não eram tão bonitas, e sim mais úteis para, sabe, dias com muito vento quando você acha que pode chover. Ela pensava muito na própria aparência, gastava muito dinheiro com roupas.

— O que acha que foi a causa da tragédia? — perguntou Mrs. Oliver. — Veja, por morar longe daqui e não ter visto nenhum amigo na época porque estava nos Estados Unidos, eu não fiquei sabendo de nada e, bem, ninguém gosta de fazer perguntas ou escrever cartas sobre coisas desse gênero. Imagino que deva ter tido uma causa. Quero dizer, o revólver usado era do próprio General Ravenscroft, pelo que entendi.

— Ah, sim, ele tinha dois porque dizia que casa nenhuma ficava segura sem armas. Talvez estivesse certo, sabe. Não que tenham passado por qualquer problema, até onde sei. Uma tarde, um homem bastante desagradável surgiu na porta. Não gostei do jeito dele, não. Queria ver o general. Disse que estivera no regimento do general quando rapaz. O general fez algumas perguntas e acho que pensou que não... bem, que não fosse muito confiável. Então mandou o homem embora.

— Quer dizer que acha que o crime foi cometido por alguém de fora?

— Bem, creio que sim, porque não consigo ver uma alternativa. Veja, eu não gostava muito do homem que cuidava do jardim. Ele não tinha uma reputação muito boa e acho que teve algumas passagens pela prisão no começo da vida. Mas é claro que o general pegou referências e quis dar uma chance.

— Então acha que o jardineiro pode ter matado o casal?

— Bem, eu... sempre pensei que sim. Mas provavelmente estou errada. É que não me parece... quer dizer, as pessoas diziam que havia alguma história escandalosa ou alguma coisa sobre ele ou ela, que ou ele atirou nela ou ela atirou nele, e isso é tudo uma bobagem, na minha opinião. Não, foi alguém de fora. Uma dessas pessoas que... bem, não era tão ruim naquela época quanto hoje em dia, porque isso foi, a senhora deve lembrar, antes das pessoas começarem a ter essa mentalidade de violência toda. Mas olhe o que se lê nos jornais todos os dias agora. Rapazes, praticamente meninos ainda, usando um monte de drogas e saindo loucamente por aí, atirando num monte de gente por quase nada, convidando uma garota num pub para uma bebida e companhia até em casa, aí no dia seguinte a polícia encontra o corpo dela num valão. Roubando crianças dos berços das mães, levando uma garota para dançar e depois a assassinando ou estrangulando a caminho de casa. Se quer saber, parece que qualquer um pode fazer qualquer coisa. E de qualquer forma, tem aquele bom casal, o general e sua esposa, que saiu para uma bela caminhada no final da tarde, e lá estavam eles, ambos com um tiro na cabeça.

— Foi na cabeça?

— Bem, não lembro exatamente agora, e é claro que eu mesma nunca vi nada. Mas, de qualquer forma, só foram fazer uma caminhada como faziam com frequência.

— E não estavam brigados?

— Bem, eles tinham discussões de vez em quando, mas quem não tem?

— Nada de namorado ou namorada?

— Bem, se é que se pode usar essa terminologia com gente dessa idade, ah, quer dizer, houve algumas fofocas aqui e ali, mas era tudo bobagem. Nada sério. As pessoas sempre gostam de comentar esse tipo de coisa.

— Talvez um deles estivesse... doente.

— Bem, Lady Ravenscroft foi se consultar com um médico em Londres uma ou duas vezes a respeito de algo, e tenho a impressão de que ela iria ao hospital, ou planejava ir ao hospital para uma cirurgia de algum tipo que nunca me contou exatamente o que era. Mas acho que conseguiram dar um jeito nela... Ela ficou no hospital por pouco tempo. Sem cirurgia, acho. E quando voltou, parecia muito mais jovem. De um todo, ela havia feito muito tratamento facial e, sabe, ela ficava tão bonita com as perucas cacheadas. Parecia que tinha recebido uma segunda vida.

— E General Ravenscroft?

— Ele era um cavalheiro muito gentil, nunca ouvi nenhum escândalo sobre ele, e não acho que houvesse nenhum. As pessoas comentam coisas, mas, até aí, elas gostam de comentar quando acontece qualquer tipo de tragédia. Para mim, parece que talvez ele tenha tomado uma pancada na cabeça na Malásia britânica ou algo assim. Eu tinha um tio ou tio-avô, sabe, que caiu do cavalo lá uma vez. Bateu num canhão ou algo assim e ficou muito estranho depois. Estava tudo bem nos seis primeiros meses, então tiveram que interná-lo num hospício porque queria tirar a vida da esposa o tempo todo. Dizia que ela estava atrás dele e o seguindo e que ela era uma espiã de outro país. Ah, ninguém tem como saber o que acontece ou pode acontecer em famílias.

— De qualquer forma, você não acha que houvesse verdade em algumas das histórias sobre eles que ouvi por acaso, de que os dois estivessem de mal, então um atirou no outro e então atirou em si.

— Ah, não, não acho.

— As crianças estavam em casa na época?

— Não estavam. Miss, hum... Ah, como era o nome dela mesmo? Rosie? Não. Penélope?

— Celia — disse Mrs. Oliver. — Minha afilhada.

— Sim, é claro. Lembrei agora. Eu me lembro de a senhora buscá-la para passear uma vez. Era uma garota animada, de temperamento ruim às vezes, mas acho que gostava muito dos pais. Não, ela estava fora, numa escola na Suíça, quando aconteceu. Ainda bem, porque teria sido um choque pavoroso para ela se estivesse em casa e encontrasse os dois.

— E havia um menino também, não havia?

— Ah, sim. Mestre Edward. O general se preocupava um pouco com ele, creio eu. Não parecia gostar do pai.

— Ora, nada de mais nisso. Garotos passam por essa fase. Ele era muito devotado à mãe?

— Bem, ela o paparicava demais, eu acho, o que ele considerava exaustivo. Você sabe, meninos não gostam que a mãe fique no pé, mandando usar um agasalho mais grosso ou vestir outro casaco. O pai, ele não gostava do jeito que o menino usava o cabelo. Era, bem, na época não se usavam os penteados de hoje em dia, mas já estavam começando, se é que me entende.

— Mas o garoto não estava em casa na época da tragédia?

— Não.

— Imagino que tenha sido um choque para ele?

— Ora, deve ter sido. É claro, eu não ia mais à casa naquela época, então não ouvi muito. Se me perguntar, eu não gostava do jardineiro. Como é que era o nome... Fred, acho. Fred Wizell. Um nome assim. Acho que se ele tivesse... bem, tivesse feito algum tipo de trapaça e o general tivesse descoberto e fosse demiti-lo, eu diria que ele seria capaz.

— De atirar no marido e na esposa?

— Bem, eu acharia mais provável que ele apenas atirasse no general. Se ele atirasse nele e a esposa estivesse junto, ele teria que atirar nela também. A gente lê essas coisas em livros.

— Sim — disse Mrs. Oliver, pensativa —, a gente realmente lê todo tipo de coisa em livros.

— Tinha o tutor. Eu não gostava muito dele.

— Que tutor?

— Bem, arrumaram um tutor quando o garoto era mais novo. Sabe, ele não conseguia passar numa prova e outras coisas da primeira escola em que estudou... uma preparatória ou algo do tipo. Então eles arrumaram um tutor para ele. Frequentou a casa por cerca de um ano, eu acho. Lady Ravenscroft gostava muito dele. Ela era musical, sabe, assim como esse tutor. Mr. Edmunds, acho que era o nome. Era um rapaz bastante bobinho, eu pensava, e é da minha opinião que o General Ravenscroft não gostava muito dele.

— Mas Lady Ravenscroft gostava.

— Ah, eles tinham muito em comum, creio eu. E penso que foi ela quem escolheu o rapaz, mais do que o general. Veja bem, ele tinha modos muito educados e falava com todos com muita gentileza e tal...

— E ele... como se chamava?

— Edward? Ah, sim, ele gostava bastante dele, eu acho. Na verdade, gostava até demais, eu acho. Quase uma espécie de idolatria de herói. De qualquer forma, não acredite nas histórias que se ouve sobre escândalos na família ou ela ter um caso com qualquer um ou General Ravenscroft com aquela pobre garota sem graça que cuidava de seus documentos e todo esse tipo de coisa. Não. Quem quer que tenha sido o cruel assassino, veio de fora. A polícia nunca chegou a ninguém, um carro foi visto ali perto, mas não encontraram relação com o caso e nunca avançaram. Mas, ao mesmo tempo, creio que se deve procurar por alguém que talvez tivesse conhecido o casal na Malásia britânica ou no exterior ou em algum canto, ou quando eles começaram a viver em Bournemouth. Nunca se sabe.

— O que seu marido achava disso? — perguntou Mrs. Oliver. — Ele não conheceu os dois tão bem, é claro, mas também pode ter ouvido muito.

— Ah, ele ouviu muita conversa, é claro. No pub George & Flag à noite, sabe? As pessoas comentavam todo tipo de coisa. Que ela bebia, e que caixas de garrafas vazias tinham sido tiradas da casa. Absolutamente falso, disso eu tenho certeza. E havia um sobrinho que costumava visitar às vezes. Ele se encrencou com a polícia por causa de alguma coisa, o rapaz, mas não acho que foi nada relacionado. A polícia também achou que não. Pelo menos não na época.

— Não havia ninguém mais morando na casa exceto pelo General e pela Lady Ravenscroft, havia?

— Bem, ela tinha uma irmã que vinha visitar às vezes, a Lady Ravenscroft. Era meia-irmã, acho. Algo assim. Muito parecida com Lady Ravenscroft. Criava um pouco de problema entre os dois, eu sempre costumava pensar, durante as visitas. Era dessas que gosta de agitar as coisas, se é que me entende. Dizia coisas só para irritar os outros.

— E Lady Ravenscroft gostava dela?

— Bem, se quer minha opinião, eu não acho que gostava muito. Acho que a irmã meio que se metia na vida deles às vezes, e ela não gostava de recusar, mas imagino que achasse bem desafiador recebê-la. O general gostava bastante dela porque era boa de carteado. Jogava xadrez e essas coisas com ele, e ele gostava. E ela era uma mulher divertida, de certa forma. Mrs. Jerryboy ou algo assim, era seu nome. Era viúva, eu acho. Costumava pegar dinheiro emprestado deles também, tenho a impressão.

— A senhora gostava dela?

— Bem, se não se importa de ouvir minha opinião, madame, não, eu não gostava dela. Não gostava nada dela. Achava que era uma dessas encrenqueiras, sabe. Mas já estava há um tempo sem visitar quando a tragédia aconteceu. Não me lembro muito da sua aparência. Ela tinha um filho que a acompanhou uma ou duas vezes. Não gostava muito dele. Evasivo, eu pensava.

— Bem — disse Mrs. Oliver. — Imagino que ninguém nunca saberá a verdade. Não agora. Não depois de todo esse tempo. Vi minha afilhada outro dia mesmo.

— Foi mesmo, madame? Eu gostaria de ouvir a respeito da Miss Celia. Como ela está? Bem?

— Sim, sim. Parece estar muito bem. Creio que talvez esteja pensando em se casar. De qualquer forma, ela está com um...

— Está com um namorado firme, é? — disse Mrs. Buckle. — Ah, bem, a gente sabe como é isso. Não que todo mundo case com o primeiro que arranja. É até melhor não fazer isso, entre nove de dez vezes.

— Você não conhece uma Mrs. Burton-Cox, conhece? — perguntou Mrs. Oliver.

— Burton-Cox? Acho que me lembro do nome. Não, acho que não. Ela não estava morando por aqui ou veio ficar com eles ou algo assim? Não, não que eu me lembre. Ainda assim, ouvi algo. Algum velho amigo do General Ravenscroft, creio eu, que ele conheceu na Malásia britânica. Mas eu não conheço. — Balançou a cabeça.

— Bem — disse Mrs. Oliver —, não posso mais ficar aqui de fofoca. Foi tão bom ver Marlene e a senhora.

Capítulo 9

Resultados da investigação elefantina

— Telefonaram para o senhor — disse o empregado de Hercule Poirot, George. — Mrs. Oliver.

— Ah, sim, George. E o que ela disse?

— Queria saber se poderia vir visitá-lo hoje à noite, senhor, após o jantar.

— Seria admirável — disse Poirot. — Admirável. Eu tive um dia exaustivo. Será uma experiência estimulante, ver Mrs. Oliver. Ela sempre é divertida, além de dizer as coisas mais inesperadas. Ela mencionou elefantes, por sinal?

— Elefantes, senhor? Não, creio que não.

— Ah. Então talvez os elefantes tenham sido uma decepção.

George olhou para seu mestre, em dúvida. Havia vezes em que ele não entendia bem a relevância das observações de Poirot.

— Retorne a chamada — pediu Hercule Poirot —, diga que ficarei encantado em recebê-la.

George partiu para obedecer a ordem e voltou para avisar que Mrs. Oliver chegaria por volta das 20h45.

— Café — disse Poirot. — Prepare café e alguns *petit-fours*. Creio que eu tenha encomendado alguns recentemente na Fortnum & Mason.

— Algum tipo de bebida alcoólica, senhor?

— Não, creio que não. Eu beberei um pouco de *sirop de cassis*.

— Sim, senhor.

Mrs. Oliver chegou exatamente na hora. Poirot a cumprimentou com todos os sinais de contentamento.

— E como está, *chère madame*?

— Exausta — disse Mrs. Oliver.

Ela afundou na poltrona indicada por Poirot.

— Completamente exausta.

— Ah. *Qui va à la chasse*... ah, não consigo lembrar o ditado.

— Eu lembro — disse Mrs. Oliver. — Aprendi quando criança. *Qui va à la chasse perd sa place*.

— Isso, tenho certeza, não se aplica à caça que você tem conduzido. Eu me refiro à busca por elefantes, a não ser que tenha sido apenas uma figura de linguagem.

— De forma alguma — disse Mrs. Oliver. — Tenho perseguido elefantes como louca. Por todo canto. A quantidade de gasolina que gastei, de trens que peguei, de cartas que escrevi, de telegramas que mandei... Você não imagina como é exaustivo.

— Então descanse. Beba um pouco de café.

— Café bom, forte e preto... sim, beberei. Justo o que queria.

— Você, se me permite perguntar, obteve algum resultado?

— Muitos resultados — disse Mrs. Oliver. — O problema é que não sei se algum deles é útil.

— Descobriu fatos, porém?

— Não. Não de verdade. Descobri coisas que pessoas me afirmaram serem fatos, mas que eu mesma duvido fortemente que *sejam*.

— Eram boatos?

— Não. Eram o que falei que seriam: lembranças. Muitas pessoas que tinham lembranças. O problema é que, quando nos lembramos das coisas, nem sempre nos lembramos corretamente, não é?

— Não. Mas isso ainda é o que se poderia chamar de resultados. Não?

— E o que você fez? — perguntou Mrs. Oliver.

— Você é sempre tão severa, madame — disse Poirot. — Demanda que eu também saia por aí fazendo coisas.

— Bem, e saiu por aí?

— Eu não saí por aí, mas fiz algumas consultas com colegas de profissão.

— Parece muito mais tranquilo do que o que eu tenho feito — observou Mrs. Oliver. — Ah, que café gostoso. Está bem forte. Você não acreditaria em quão cansada estou. E quão confusa.

— Vamos lá, vamos lá. Tenhamos expectativas positivas. Você conseguiu informações. Você conseguiu alguma coisa, creio.

— Tenho um monte de sugestões e histórias diferentes. Não sei se nenhuma delas é verdadeira.

— Podem não ser verdadeiras, mas mesmo assim úteis— disse Poirot.

— Bem, entendo o que quer dizer — respondeu Mrs. Oliver —, e concordo. Quero dizer, foi o que pensei quando saí nessa busca. Quando as pessoas se lembram de algo e contam... quer dizer, com frequência não é exatamente o que ocorreu, mas é o que elas acham que ocorreu.

— Mas elas precisam ter algo em que se basear — disse Poirot.

— Trouxe uma espécie de lista — falou Mrs. Oliver. — Não preciso me aprofundar em aonde fui, o que disse e por quê, eu saí deliberadamente atrás de, bem, informações que talvez não se possam ser adquiridas com ninguém mais no país. Mas é de pessoas que sabiam de algo a respeito dos Ravenscroft, mesmo que não os conhecessem muito bem.

— Notícias de lugares estrangeiros, quer dizer?

— Muitas delas eram de lugares estrangeiros. Outras de pessoas que os conheceram aqui de forma bastante superficial, ou pessoas cujos primos ou tias ou amigos conheceram o casal muito tempo atrás.

— E todas elas tinham *alguma* história para contar... Alguma referência à tragédia ou às pessoas envolvidas?

— É essa a ideia — disse Mrs. Oliver. — Vou contar a você em linhas gerais, está bem?

— Sim. Coma um *petit-four*.

— Obrigada — disse Mrs. Oliver.

Ela pegou um particularmente doce e feio e o devorou com energia.

— Doces — comentou ela — realmente dão muita vitalidade, sempre penso. Bem, agora, tenho as sugestões seguintes. Essas coisas em geral me foram ditas começando com "Sim, é claro!" ou "Como foi triste, essa história toda!" ou "É claro, creio que todo mundo sabe realmente o que houve." Esse tipo de coisa.

— Sim.

— Essas pessoas *achavam* que sabiam o que acontecera. Mas não havia nenhum bom motivo de verdade. Era só algo que alguém lhes havia dito, ou que haviam escutado de amigos ou de empregados ou parentes ou coisas assim. As sugestões, é claro, são de todo tipo que você imaginaria. Opção A. Que o General Ravenscroft estava escrevendo um livro de memórias sobre seus dias na Malásia britânica e tinha uma jovem secretária que o ajudava transcrevendo e digitando coisas para ele, que ela era uma moça de boa aparência e sem dúvida havia algo ali. O resultado foi que... bem, aí parece haver duas escolas de pensamento. Uma é de que ele atirou na esposa porque esperava se casar com a garota, mas depois que atirou nela, foi tomado de horror pelo que fizera e se matou...

— Exatamente — disse Poirot. — Uma explicação romântica.

— A outra ideia era de que havia um tutor que fora dar aulas ao filho que estivera doente e fora da escola por cerca de seis meses... um rapaz bonito.

— Ah, sim. E a esposa se apaixonara pelo rapaz. Quiçá teve um caso com ele?

— Era essa a ideia — concordou Mrs. Oliver. — Nenhum tipo de evidência. Só sugestão romântica de novo.

— E portanto?

— Portanto, creio que a ideia era que o general provavelmente atirou na esposa e então, em um surto de remorso, em si próprio. Há outra hipótese de que o general teve um caso e a esposa descobriu, então ela atirou nele e depois em si própria. Sempre é uma história um pouco diferente a cada vez. Mas ninguém realmente sabe de nada. Quero dizer, é sempre uma história plausível. Quero dizer, o general pode ter tido um caso com uma moça, ou diversas moças, ou só outra mulher casada, ou pode ter sido a esposa quem teve um caso. É uma pessoa diferente em cada versão que me contam. Não houve nada definitivo, nem evidências. É só a fofoca que circulou há uns doze ou treze anos, da qual as pessoas já esqueceram bastante a essa altura. Mas elas se lembram o suficiente para me passar uns poucos nomes e errar algumas eventos apenas moderadamente. Havia um jardineiro bravo que morava na residência, uma governanta-cozinheira gentil e idosa que era quase cega e surda, mas ninguém parece suspeitar que tivesse qualquer envolvimento com o caso. E por aí vai. Tenho todos os nomes e possibilidades anotados. Alguns nomes estão errados e outros estão certos. É tudo muito difícil. A esposa estivera doente, pelo que entendi, por um curto período, creio que teve algum tipo de febre. Deve ter perdido muito cabelo, porque ela comprou quatro perucas. Ao menos quatro perucas novas foram encontradas em suas coisas.

— Sim. Eu também ouvi isso — afirmou Poirot.

— De quem?

— De um amigo na polícia. Ele voltou aos relatos do inquérito e aos vários itens encontrados na casa. Quatro perucas! Eu gostaria da sua opinião a respeito, madame. Acha que quatro perucas é um pouco excessivo?

— Sim, de fato acho — respondeu Mrs. Oliver. — Tive uma tia que tinha uma peruca e outra extra, mas que ela usava quando mandava a primeira para ajustar. Nunca ouvi falar de alguém com quatro perucas.

Mrs. Oliver tirou um caderninho da bolsa e folheou as páginas, buscando relatos.

— Mrs. Carstairs, ela tem 77 anos e está bem gagá. Uma fala dela: "Eu me lembro muito bem dos Ravenscroft. Sim, sim, um casal muito gentil. É muito triste, eu acho. Sim. Foi câncer!" Perguntei a ela qual deles teve câncer, mas Mrs. Carstairs já tinha se esquecido. Ela disse que achava que a esposa viera a Londres para se consultar com um médico e fez uma cirurgia e então voltou para casa e ficou deprimida, e o marido ficou muito triste por ela. Então é claro que atirou nela e em si mesmo.

— Isso era uma teoria ou o conhecimento de um fato?

— Acho que era totalmente uma teoria. Até onde consegui ver e ouvir durante minhas investigações — disse Mrs. Oliver, marcando bem essa última palavra —, quando as pessoas ouvem que qualquer amigo que não conhecem muito bem está doente ou foi ao médico, elas sempre pensam que é câncer. Assim como as próprias pessoas doentes, creio eu. Outra pessoa, não consigo ler o nome aqui, já esqueci, mas acho que começava com T, disse que foi o marido quem teve câncer. Ele estava muito infeliz, e a esposa também. Os dois conversaram e não conseguiam aguentar a mera ideia de tudo aquilo, então decidiram cometer suicídio.

— Triste e romântico — comentou Poirot.

— Sim, e não acho que seja verdade de fato — falou Mrs. Oliver. — É preocupante, não é? Quero dizer, que as pessoas se lembrem tanto do que, na maior parte do tempo, elas parecem ter inventado por conta própria.

— Elas inventaram a solução para aquilo que sabiam — disse Poirot. — Ou seja, elas sabem que alguém vem a Londres, digamos, se consultar com um médico ou que alguém passou dois ou três meses no hospital. Esse é um *fato* que sabem.

— Sim — concordou Mrs. Oliver —, então, quando falam a respeito muito tempo depois, lembram da solução que inventaram por conta própria. Não é incrivelmente útil, é?

— É útil — disse Poirot. — Você tem bastante razão, sabe, no que me disse.

— Sobre elefantes? — perguntou Mrs. Oliver, bastante em dúvida.

— Sobre elefantes — confirmou Poirot. — É importante saber certos fatos que perduraram na memória das pessoas, apesar de elas talvez não saberem exatamente qual foi o fato, por que aconteceu, ou o que levou a ele. Mas elas poderiam descobrir com facilidade algo que nós não sabemos e que não temos meio algum de descobrir. Então, houve memórias que levaram a teorias... teorias de infidelidade, de doença, de pactos suicidas, de ciúme, todas essas coisas que lhe foram sugeridas. Mais buscas podem ser feitas de forma a apontar se alguma delas parece provável sob qualquer ângulo.

— As pessoas gostam de falar do passado — disse Mrs. Oliver. — Na verdade, gostam de falar do passado muito mais do que gostam de falar do que está acontecendo agora, ou o que aconteceu no ano passado. Elas rememoram as coisas. Elas lhe contam, é claro, primeiro a respeito de um monte de gente sobre quem você não quer saber, e então sobre o que outras pessoas de quem elas se lembram sabiam a respeito de outra pessoa que elas próprias não conheciam, mas sobre quem ouviram histórias. Sabe, de forma que General e Lady Ravenscroft estejam a um grau de distância, digamos assim. É como relacionamentos de família. Sabe, primo em primeiro, em segundo grau, toda essa história. Não creio que fui de muita ajuda, no entanto.

— Você não deve pensar assim — respondeu Poirot. — Tenho bastante certeza de que descobrirá que algumas dessas coisas em seu belo caderninho de capa roxa terá relação com a tragédia. Posso afirmar, de minhas próprias investigações em relatos oficiais dessas duas mortes, que elas permaneceram um mistério. Quer dizer, do ponto de vista da polícia. Eram um casal afetuoso, não havia fofoca ou boato a respeito de qualquer problema sexual, não havia doença que pudesse suscitar vontade de tirar a própria vida. Veja bem, me refiro exclusivamente ao momento imediatamente anterior à tragédia. Mas houve um tempo antes disso, muito antes.

— Sei o que quer dizer — declarou Mrs. Oliver — e ouvi algo nesse sentido de uma antiga babá. Uma antiga babá que agora tem... não sei, poderia ter 100 anos, mas acho que só tem uns 80. Eu me lembro dela da minha infância. Ela costumava me contar histórias sobre as pessoas em serviço no exterior... Índia, Egito, Sião, Hong Kong e todo o resto.

— Alguma coisa que despertou seu interesse?

— Sim — disse Mrs. Oliver —, ela contou sobre uma certa tragédia. Parecia um pouco incerta sobre os fatos. Não tenho certeza de que tinha qualquer coisa a ver com os Ravenscroft, poderia ter relação com outras pessoas por aí porque ela não se lembra de sobrenomes e detalhes muito bem. Era um caso de problema mental numa família. A cunhada de alguém. Ou a irmã do General Fulano ou a irmã da Mrs. Sicrana que esteve internada num hospício por anos. Acho que matara os próprios filhos, ou tentara matar os próprios filhos muito tempo atrás, então supostamente foi curada ou liberada sob supervisão ou alguma coisa e foi para o Egito, Malásia britânica ou fosse lá onde. Foi ficar com a família. Aí parece que houve outra tragédia, ligada, de novo, a crianças ou algo assim. De qualquer forma, o fato foi abafado. Mas eu me perguntei. Quer dizer, se havia algum problema mental na família, seja de Lady Ravenscroft ou do General Ravenscroft. Não creio que precise ter sido tão próximo quanto uma irmã. Poderia ter sido uma prima ou algo assim. Mas, bem, pareceu-me uma possível linha de investigação.

— Sim — concordou Poirot —, sempre há possibilidade e algo que espera por muitos anos até sair de algum lugar do passado e voltar para se empoleirar. É o que alguém me disse. *Pecados antigos têm sombras longas.*

— Pareceu a mim — disse Mrs. Oliver — não que fosse provável, ou sequer que a velha babá Matcham se lembrasse corretamente, ou que se tratasse de fato das pessoas que ela imaginava. Mas *poderia* se encaixar com o que aquela mulher pavorosa me disse no almoço literário.

— Quer dizer, quando ela quis saber...

— Sim. Quando ela quis que eu descobrisse através da nora, minha afilhada, se a mãe matara o pai ou o pai matara a mãe.

— E ela achava que a garota poderia saber?

— Bem, parece provável que ela saberia. Quero dizer, não na época, porque podem a ter protegido dos fatos, mas ela poderia saber coisas que lhe dariam noção das circunstâncias de sua vida e de quem tinha mais chances de ter matado quem, apesar de ela provavelmente nunca ter mencionado ou falado com qualquer um a respeito.

— E você diz que essa mulher... essa Mrs....

— Sim. Esqueci o nome dela agora. Mrs. Burton qualquer coisa. Um nome assim. Ela comentou algo a respeito do filho ter uma namorada com quem pensava em se casar. E consigo entender bem que alguém fosse querer saber, nesse caso, se a mãe ou o pai tinham relações criminosas nas suas famílias ou uma tendência à loucura. Ela provavelmente pensava que, se foi a mãe quem matou o pai, seria muito pouco sábio que o garoto se casasse com ela, mas, se o pai houvesse matado a mãe, ela provavelmente não se importaria tanto — concluiu Mrs. Oliver.

— Quer dizer que ela imaginaria que o gene correria na linhagem feminina?

— Bem, ela não era uma mulher muito inteligente. Mandona — disse Mrs. Oliver. — Acha que sabe muito, mas não é o caso. Creio que alguém poderia pensar dessa maneira se fosse uma mulher.

— Um ponto de vista interessante, mas possível — respondeu Poirot. — Sim, entendo. — Ele suspirou. — Temos muito a fazer ainda.

— Tenho outra perspectiva sobre o caso também. A mesma, mas de segunda mão, se é que me entende. Sabe? Alguém diz: "Os Ravenscroft? Não foi aquele casal que adotou uma criança? Então, pelo visto , depois que tudo estava arranjado e eles estavam absolutamente apegados a ela, muito, muito empolgados, porque um dos filhos falecera na Malásia britânica, creio eu, e eles haviam adotado a criança, então a mãe a quis de volta, e eles tiveram que ir a julgamento ou algo assim. Mas a corte deu a eles a custódia da criança, e a mãe tentou raptá-la de volta."

— Há questões mais simples — disse Poirot — surgindo dos seus relatos, questões que prefiro.

— Como?

— Perucas. Quatro perucas.

— Bem — respondeu Mrs. Oliver —, achei que isso o estivesse interessando, mas não sei por quê. Não parece *significar* qualquer coisa. A outra história era só de que alguém era louco. Há pessoas loucas que estão internadas ou em hospícios porque mataram os próprios filhos ou alguma outra criança por algum motivo absolutamente insano, sem qualquer sentido. Não vejo por que isso daria ao general e a Lady Ravenscroft vontade de se matar.

— A não ser que um deles estivesse envolvido — disse Poirot.

— Você quer dizer que o General Ravenscroft pode ter matado alguém, um menino... uma criança ilegítima, talvez, da esposa ou sua própria? Não, creio que estamos ficando um pouco melodramáticos demais. Ou ela poderia ter matado o filho do marido ou o seu próprio.

— E ainda assim — observou Poirot — o que as pessoas parecem ser, elas geralmente são.

— Isso significa...?

— Eles pareciam ser um casal afetuoso, um casal que vivia junto em harmonia, sem brigas. Pareciam não ter um histórico de doença além da sugestão de uma cirurgia, de uma visita a Londres para uma consulta médica, uma possibilidade de câncer, de leucemia, algo desse tipo, algum futuro que não pudessem encarar. E, mesmo assim, de alguma forma, só conseguimos chegar ao que é *possível*, mas ainda não *provável*. Se houvesse alguém mais na casa, qualquer outra pessoa na época... A polícia, ou seja, meus amigos que acompanharam a investigação na época, dizem que nada do que foi dito era efetivamente compatível com qualquer outra coisa além dos fatos. Por algum motivo, esses dois não queriam seguir vivendo. *Por quê?*

— Eu conheci um casal — contou Mrs. Oliver — na guerra, a Segunda Guerra, quero dizer... E eles achavam que os alemães invadiriam a Inglaterra e decidiram que, se isso acontecesse, eles se matariam. Eu disse que era muito idiota. Eles responderam que seria impossível continuar vivendo. Ainda me parece idiota. É preciso ter coragem suficiente para atravessar um problema. Quero dizer, não é como se a sua morte fosse beneficiar qualquer outra pessoa. Eu me pergunto...

— Sim, o que você se pergunta?

— Bem, quando eu disse que me perguntei de súbito se a morte do general e da Lady Ravenscroft beneficiou qualquer outra pessoa.

— Ou seja, se alguém herdou dinheiro deles?

— Sim. Não de uma maneira tão óbvia. Talvez alguém fosse ter uma oportunidade melhor de se sair bem na vida. Algo existente em sua vida que eles não quisessem que nenhum dos filhos nunca soubesse ou ouvisse a respeito.

Poirot suspirou.

— O problema com você é — falou ele — que você pensa com tanta frequência que algo *poderia* ter ocorrido, que *poderia* ter sido. Você me dá ideias. Ideias possíveis. Ah, se ao menos também fossem ideias prováveis. *Por quê?* Por que a morte desses dois foi necessária? Por que razão? Eles não estavam sofrendo, não estavam doentes, não estavam profundamente infelizes, até onde se podia ver. Então por que, no fim de uma linda tarde, eles saíram para caminhar até um penhasco, levando o cão junto...

— O que o cão tem a ver com a história? — perguntou Mrs. Oliver.

— Bem, eu me perguntei por um instante. Será que eles levaram o cão, ou o cão os seguiu? Onde o cão entra?

— Imagino que ele entre com as perucas — respondeu Mrs. Oliver. — Apenas mais uma coisa que não tem explicação e não parece fazer sentido. Um dos meus elefantes disse que o cão era devotado a Lady Ravenscroft, mas outro disse que ele a mordeu.

— Sempre se volta à mesma coisa — disse Poirot. — Queremos saber mais. — Ele suspirou. — Queremos saber mais sobre as pessoas, e como podemos conhecer pessoas que estão separadas de nós por um abismo de anos.

— Bem, você já fez isso uma ou duas vezes, não foi? — falou Mrs. Oliver. — Você sabe... algo a respeito de um pintor que levou um tiro ou foi envenenado. Isso aconteceu perto do oceano em um tipo de fortificação ou algo assim. Você descobriu o culpado, apesar de não conhecer nenhuma das pessoas.

— Não. Eu não conhecia nenhuma das pessoas, mas descobri coisas sobre elas a partir dos outros que estavam ali.

— Bem, é isso que estou tentando fazer — observou Mrs. Oliver —, só que não consigo me aproximar o suficiente. Não consigo chegar a qualquer pessoa que efetivamente soubesse de qualquer coisa, que estivesse envolvido de fato. Acha que deveríamos desistir?

— Acho que seria muito sábio desistir — disse Poirot —, mas há um momento em que não queremos mais ser sábios. Queremos saber mais. Agora me interessei por aquele casal de boas pessoas, com dois bons filhos. Imagino que sejam bons filhos?

— Eu não conheço o garoto — respondeu Mrs. Oliver —, não acho que o tenha conhecido em algum momento. Quer ver minha afilhada? Eu poderia mandá-la até você, se quiser.

— Sim, creio que eu gostaria de vê-la, conhecê-la de alguma forma. Talvez ela não deseje vir me ver, mas poderíamos providenciar um encontro. Poderia, imagino, ser interessante. E há outra pessoa que eu gostaria de ver.

— Ah! Quem?

— A mulher da festa. A mandona. Sua amiga mandona.

— Ela não é minha amiga coisa nenhuma — afirmou Mrs. Oliver. — Ela só se aproximou e falou comigo, só isso.

— Você poderia retomar contato com ela?

— Ah, sim, facilmente. É provável que ela aceite a oportunidade de olhos fechados.

— Eu gostaria de vê-la. Gostaria de saber por que ela quer saber essas coisas.

— Sim. Imagino que poderia ser útil. De qualquer forma — Mrs. Oliver suspirou —, eu ficarei muito feliz em dar um descanso dos elefantes. A babá, sabe, a velha babá de quem falei, mencionou elefantes e o fato de que eles nunca esquecem. Esse tipo de ditado bobo está começando a me assombrar. Ah, bem, *você* deve buscar mais elefantes. É sua vez.

— E você?

— Talvez eu possa buscar cisnes.

— *Mon dieu*, onde é que cisnes entram na história?

— É só uma coisa de que eu me lembro, que minha antiga babá me lembrou. De que havia garotinhos com os quais eu costumava brincar, e um deles gostava de me chamar de Lady

Elefante, e o outro de Lady Cisne. Quando eu era Lady Cisne, eu fingia nadar pelo chão. Quando eu era Lady Elefante, eles montavam nas minhas costas. Não há cisnes nessa história.

— Que bom — declarou Poirot. — Elefantes já são o bastante.

Capítulo 10

Desmond

Dois dias depois, enquanto bebia seu chocolate matinal, Hercule Poirot leu uma carta que estava entre suas correspondências do dia. Ele a lia agora pela segunda vez. A caligrafia era moderadamente boa, apesar de não ostentar nenhuma maturidade.

Prezado Monsieur Poirot,

Temo que achará esta minha carta um pouco peculiar, mas creio que ajudaria se eu mencionasse uma amiga sua. Tentei contatá-la para perguntar se poderia providenciar uma visita minha ao senhor, mas aparentemente ela não estava em casa. A secretária — me refiro a Mrs. Ariadne Oliver, a romancista —, a secretária dela pareceu dizer algo a respeito de ela ter partido para um safári no Leste da África. Se assim for, imagino que ela possa não voltar por algum tempo. Mas tenho certeza de que me ajudaria. Eu realmente gostaria muito de ver o senhor. Necessito muito de algum tipo de aconselhamento.

Mrs. Oliver, pelo que soube, conhece minha mãe, encontrou-a em um almoço literário. Se o senhor puder reservar um horário para me receber um dia, ficaria muito grato. Consigo organizar minha agenda para qualquer sugestão. Não sei se ajuda, mas a secretária de Mrs. Oliver mencionou a palavra "elefantes". Presumo que tenha algo a ver com as viagens de Mrs. Oliver ao Leste da África. A secre-

tária falou como se fosse algum tipo de código. Eu não entendi direito, mas talvez o senhor entenda. Estou em um grande estado de preocupação e ansiedade, e ficaria imensamente grato se o senhor pudesse me ver.

Cordialmente,

Desmond Burton-Cox.

— *Nom d'un petit bonhomme!* — exclamou Hercule Poirot.

— Perdão, senhor? — disse George.

— Uma mera interjeição — respondeu Hercule Poirot. — Há algumas coisas que, uma vez que invadem sua vida, se provam muito difíceis de se livrar. Comigo, parece ser a questão dos elefantes.

Ele saiu da mesa do café da manhã, convocou sua fiel secretária, Miss Lemon, entregou-lhe a carta de Desmond Cox e lhe deu indicações de como combinar um encontro com o autor da carta.

— Não estou demasiado ocupado no momento — falou. — Amanhã será bastante adequado.

Miss Lemon o lembrou de dois compromissos que ele já tinha, mas concordou que ainda sobravam muitas horas disponíveis e comprometeu-se a organizar um encontro conforme ele desejava.

— Algo relacionado aos Jardins Zoológicos? — perguntou ela.

— Longe disso. Não, não mencione elefantes em sua carta. Tudo tem limite. Elefantes são animais grandes. Ocupam uma grande parte do horizonte. Sim. Podemos deixar os elefantes para lá. Eles sem dúvida surgirão no curso da conversa que proponho ter com Desmond Burton-Cox.

— Mr. Desmond Burton-Cox — anunciou George, guiando o convidado aguardado para dentro.

Poirot havia se levantado e estava ao lado da lareira. Ficou em silêncio por um momento ou dois, então avançou, depois de ter formado sua própria impressão. Uma personalidade um pouco nervosa e enérgica. Fazia sentido, pensou Poirot. Levemente desconfortável a princípio, mas conseguindo disfarçar bastante bem. Ele disse, estendendo a mão:

— Mr. Hercule Poirot?

— Correto — confirmou Poirot. — E seu nome é Desmond Burton-Cox. Por favor, sente-se e me diga como posso ajudá-lo, os motivos pelos quais veio me procurar.

— Vai ser tudo um pouco difícil de explicar — falou Desmond Burton-Cox.

— Tantas coisas são difíceis de explicar — disse Hercule Poirot —, mas temos tempo de sobra. Sente-se.

Desmond olhou com certa hesitação para a imagem que o confrontava. De fato, uma personalidade deveras cômica, pensou. A cabeça de formato oval, o grande bigode. Não muito impressionante, de alguma forma. Não muito, na verdade, o que esperava encontrar.

— O senhor... é um detective, não é? — perguntou ele. — Quero dizer, o senhor... descobre coisas. As pessoas vêm até o senhor para descobrir, ou pedir que descubra coisas para elas.

— Sim — afirmou Poirot —, esta é uma das minhas tarefas em vida.

— Não imagino que saiba por que vim ou saiba muito a meu respeito.

— Sei alguma coisa — disse Poirot.

— Você quer dizer Mrs. Oliver, sua amiga, Mrs. Oliver. Ela lhe contou algo?

— Ela me contou que tivera um encontro com uma afilhada dela, Miss Celia Ravenscroft. Está correto, não está?

— Sim. Sim, Celia me contou. Essa Mrs. Oliver, ela... ela também conhece minha mãe... quer dizer, a conhece bem?

— Não. Não creio que se conheçam bem. Segundo Mrs. Oliver, ela a conheceu recentemente em um almoço literário e trocou algumas palavras com ela. Sua mãe, pelo que entendo, fez certo pedido a Mrs. Oliver.

— Ela não tinha direito nenhum de fazê-lo — disse o garoto.

As sobrancelhas dele desceram quase até o nariz. Ele parecia bravo agora, bravo... quase vingativo.

— Realmente — continuou. — Mães... quero dizer...

— Eu compreendo — disse Poirot. — Os ânimos andam exaltados nos últimos tempos, quiçá sempre tenham andado. Mães vivem fazendo coisas que os filhos prefeririam que não fizessem. Estou certo?

— Ah, está muito certo. Mas minha mãe... quero dizer, ela interfere em coisas que realmente não são de sua conta.

— Você e Celia Ravenscroft, eu entendo, são amigos íntimos. Mrs. Oliver entendeu de sua mãe que havia alguma possibilidade de casamento. Talvez num futuro próximo?

— Sim, mas minha mãe realmente não precisa fazer perguntas e se preocupar com coisas, que são... bem, que não são da conta dela.

— Mas mães são assim — disse Poirot, com um leve sorriso. Acrescentou: — Você é, talvez, muito ligado à sua mãe?

— Eu não diria isso — respondeu Desmond. — Não, eu com certeza não diria isso. Veja bem... ora, é melhor eu contar logo, ela não é minha mãe de verdade.

— Ah, sim. Eu não havia entendido isso.

— Sou adotado — contou Desmond. — Ela teve um filho. Um garotinho que faleceu. Então quis adotar uma criança, e eu fui adotado, e ela me criou como filho. Ela sempre fala de mim como seu filho e pensa em mim como seu filho, mas não sou de verdade. Não somos nada parecidos. Não enxergamos as coisas da mesma forma.

— Muito compreensível — comentou Poirot.

— Mas pareço estar me desviando — disse Desmond — do que quero lhe pedir.

— Você quer que eu tente descobrir algo, para cobrir uma certa linha de interrogação?

— Creio que seja uma boa definição. Não sei quanto o senhor sabe a respeito... a respeito de, bem, de qual é o problema todo.

— Sei um pouco — falou Poirot. — Nenhum detalhe. Não sei muito sobre você ou sobre Miss Ravenscroft, a qual não conheci ainda. Eu gostaria de conhecê-la.

— Sim, bem, eu estava pensando em trazê-la para conversar com o senhor, mas pensei que seria melhor eu mesmo falar antes.

— Bem, isso parece um tanto sensato — disse Poirot. — Você está infeliz com algo? Preocupado? Tem dificuldades?

— Não de verdade. Não. Não, não deveria haver nenhuma dificuldade. Não há nenhuma. A questão é uma coisa que aconteceu anos atrás, quando Celia era apenas uma criança, ainda na escola. E houve uma tragédia, o tipo de coisa que acontece, bem, que acontece todo dia, a qualquer momento. Duas pessoas que estavam muito perturbadas com algo e cometem suicídio. Uma espécie de pacto de suicídio, quero dizer. Ninguém sabia muito sobre o acontecido ou seu motivo, nem nada assim. Mas, afinal de contas, essas coisas acontecem, e não é da conta dos filhos das pessoas se preocupar com isso. Quero dizer, já é bastante suficiente se eles sabem os fatos, na minha opinião. E não é *de forma alguma* da conta da minha mãe.

— No curso da vida — disse Poirot —, descobrimos mais e mais que as pessoas com frequência se interessam por coisas que não são da conta delas. Muito mais do que se interessam por coisas que *poderiam* ser consideradas da conta delas.

— Mas está tudo acabado. Ninguém sabia muito a respeito nem nada. Só que, veja bem, minha mãe não para de fazer perguntas. Quer saber coisas e cismou com Celia. Deixou Celia num estado em que ela não sabe mesmo se quer se casar comigo ou não.

— E você? Você sabe se ainda quer se casar com ela?

— Sim, é claro que sei. Quero me casar com ela. Estou bastante determinado a me casar com ela. Mas ela ficou aborrecida. Quer saber coisas. Quer saber por que tudo isso aconteceu, e pensa... tenho certeza de que está errada, mas ela pensa que minha mãe sabe algo a respeito. Que ouviu algo a respeito.

— Bem, tenho muita empatia por vocês — respondeu Poirot —, mas me parece que, se são dois jovens sensatos e querem se casar, não há motivo para não fazê-lo. Posso dizer que recebi alguma informação, a meu pedido, sobre essa triste tragédia. Como falou, trata-se de um caso ocorrido há anos. Não havia explicação completa para ele. Nunca houve. Mas, na vida, não se pode ter explicações para todas as coisas tristes.

— Foi um pacto de suicídio — afirmou o garoto. — Não poderia ter sido qualquer outra coisa. Mas... bem...

— Você quer saber a causa. É isso?

— Bem, sim, é isso. É com isso que Celia tem se preocupado, e ela quase me deixou preocupado. Minha mãe está certamente preocupada, apesar de, como eu disse, não ser nada da conta dela. Não creio que qualquer um tenha sido culpado. Quero dizer, não houve um julgamento ou nada assim. O problema, é claro, é que não sabemos. Bem, quero dizer, eu não saberia de qualquer forma porque não estava lá.

— Você não conhecia o general e Lady Ravenscroft, ou Celia?

— Eu conheço Celia mais ou menos a vida toda. Veja, as pessoas com quem eu passava as festas de final de ano e a família dela eram vizinhas quando éramos jovens. Sabe... só crianças. E sempre gostamos um do outro, e nos dávamos bem e tudo mais. Então, é claro, por muito tempo tudo isso ficou para trás. Não encontrei Celia por muitos anos depois disso. Veja bem, os pais dela estavam na Malásia britânica, assim como os meus. Creio que se encontraram lá de novo... quero dizer, meus pais. Meu pai já morreu, aliás. Mas creio que minha mãe tenha ouvido coisas quando estava na Malásia britânica, e se lembrou agora dessas histórias e ficou toda agitada e meio que... meio que pensa coisas que não poderiam ser verdade. Tenho certeza de que não o são. Mas ela está determinada a preocupar Celia com elas. Quero saber o que aconteceu de verdade. Celia quer saber o que aconteceu de verdade. Do que se tratou tudo aquilo. E por quê? E como? Não só as histórias tolas das pessoas.

— Sim — disse Poirot —, talvez não seja anormal que vocês dois se sintam assim. Celia, eu imaginaria, mais do que você. Ela foi mais afetada do que você. Mas, se me permite perguntar, será que importa tanto? O que importa é o *agora*, o *presente*. A garota com quem você quer se casar, a garota que quer se casar com você... O que o passado lhe diz respeito? Importa se os pais dela fizeram um pacto de suicídio ou se morreram em um acidente de avião ou se um deles morreu num acidente e o outro cometeu suicídio mais tarde? Se houve casos de amor que surgiram em suas vidas e criaram infelicidade.

— Sim — respondeu Desmond Burton-Cox —, sim, acho que sua fala é um tanto sensata e correta, mas... bem, as coisas chegaram a um estado de agitação que preciso me certificar de que Celia está satisfeita. Ela... ela *se importa* com as coisas, apesar de não falar muito delas.

— Não lhe ocorreu — perguntou Hercule Poirot — que pode ser muito difícil, quiçá impossível, descobrir o que aconteceu de fato?

— O senhor quer dizer qual deles matou o outro e por quê, ou se um atirou no outro e então em si mesmo. Exceto se... exceto se houvesse *algo*.

— Sim, mas esse algo teria estado no passado, então por que importa agora?

— Não importaria... não importaria, não fosse pela minha mãe interferindo, revirando as coisas. Não teria importado. Eu não imagino que, bem, Celia tenha pensado muito a respeito até agora. Creio que provavelmente ela estivesse estudando fora, na Suíça, na época da tragédia, e ninguém tenha lhe contado muito e, bem, quando somos adolescentes ou mais jovens ainda, apenas aceitamos as coisas como algo que aconteceu, mas que não tem nada a ver conosco de verdade.

— Então você não acha que talvez esteja desejando o impossível?

— Quero que descubra — disse Desmond. — Talvez não seja o tipo de coisa que o senhor possa descobrir, ou que goste de descobrir...

— Não tenho qualquer objeção a descobrir — respondeu Poirot. — Na verdade, sinto até uma certa... curiosidade, digamos assim. Tragédias, coisas que acontecem como consequência de dor, surpresa, choque, doença, são tragédias humanas, coisas humanas, e é apenas natural que, se nossa atenção for atraída para tal, nós queiramos descobrir mais. O que quero dizer é: será sábio ou necessário investigar tais coisas?

— Talvez não seja — disse Desmond —, mas veja...

— E também — continuou Poirot, interrompendo-o —, você não concorda que é uma tarefa um tanto impossível depois desse tempo todo?

— Não, é aí que eu *não* concordo com o senhor. Creio que seria bastante possível.

— Muito interessante — comentou Poirot. — Por que você crê que seria bastante possível?

— Porque...

— O quê? Você tem um motivo.

— Creio que exista quem saiba. Creio que existam pessoas que *poderiam* contar coisas se estivessem dispostas a tal. Gente, quiçá, que não desejaria me contar, que não desejaria contar a Celia, mas através de quem *o senhor* poderia descobrir informações.

— Isso é interessante — disse Poirot.

— Coisas aconteceram — prosseguiu Desmond. — Coisas aconteceram no passado. Eu... eu meio que ouvi vagamente a respeito. Havia algum problema mental. Havia alguém, não sei quem exatamente, creio que pode ter sido Lady Ravenscroft, que esteve internada num hospício por anos. Um tempo bastante considerável. Alguma tragédia aconteceu quando ela era muito jovem. Alguma criança que morreu ou um acidente. Algo que... bem, algo no qual ela estava envolvida de alguma forma.

— Você não sabe disso em primeira mão, imagino?

— Não. Minha mãe me contou. Algo que ela ouviu. Ela ouviu na Malásia britânica, creio eu. Fofoca de outras pessoas. O senhor sabe como essas pessoas em serviço no exterior se aproximam, e as mulheres todas fofocam juntas... todas as *memsahibs*. Dizendo coisas que poderiam não ser nada verdadeiras.

— E você quer saber se eram ou não verdadeiras?

— Sim, e não sei como descobrir por conta própria. Não agora, porque já faz muito tempo, e não sei a quem perguntar. Não sei a quem recorrer, mas até descobrirmos de verdade o que aconteceu e o porquê...

— O que quer dizer é — falou Poirot —, ao menos eu creio estar certo, pois não passa de uma mera suposição minha, que Celia Ravenscroft não quer se casar com você até ter certeza de que um problema mental não foi passado para ela, presumivelmente pela mãe. É isso?

— Creio que seja o que ela enfiou na cabeça de alguma forma. E acho que foi minha mãe que plantou essa ideia. Creio que seja nisso que minha mãe quer acreditar. Não acho que ela tenha qualquer motivo para acreditar nessa teoria exceto por maldade, falta de educação, fofoca e tudo o mais.

— Não será uma coisa muito fácil de investigar — afirmou Poirot.

— Não, mas ouvi coisas a seu respeito. Dizem que o senhor é muito inteligente em descobrir a verdade. Fazer perguntas para pessoas e convencê-las a lhe contar coisas.

— Quem você sugere que eu interrogue ou questione? Quando fala da Malásia britânica, presumo que não se refira às pessoas nascidas lá. Refere-se ao que pode ser chamado de dias das *memsahib*, quando havia comunidades de pessoas do exército servindo na Malásia britânica. Refere-se a ingleses e à fofoca de alguma estação inglesa por lá.

— Não quero dizer que isso realmente ajudaria em alguma coisa agora. Imagino que, fosse lá quem fez a fofoca, quem falou… quer dizer, faz tanto tempo que as pessoas já devem ter se esquecido, ou até estarem mortas. Creio que minha mãe tenha entendido muitas coisas erradas, que tenha ouvido coisas e inventado ainda outras na própria mente.

— E você ainda pensa que eu seria capaz de…

— Bem, não digo que quero que vá para a Malásia britânica e interrogue as pessoas. Quero dizer, nenhuma delas estaria lá agora.

— Então acha que não poderia me dar nomes?

— Não esse tipo de nome — disse Desmond.

— Mas algum nome?

— Bem, vou falar logo o que quero dizer. Creio que haja duas pessoas que possam saber o que houve e por quê. Pois, veja bem, elas estavam *lá*. Elas teriam ficado *sabendo*, efetivamente sabido, em primeira mão.

— Você não quer contatá-las por conta própria?

— Bem, eu poderia. Eu fiz isso, de certa forma, mas não acho, veja, que elas… não sei. Eu não gostaria de perguntar algumas das coisas que quero perguntar. Não creio que Celia gostaria também. Elas são muito gentis, e é *por isso* que saberiam. Não porque são cruéis, não porque fofocam, mas porque podem ter ajudado. Elas podem ter feito algo para melhorar as coisas, ou tentado melhorar, mas não conseguiram. Ah, estou explicando tão mal.

— Não — disse Poirot —, você está se saindo muito bem, e estou interessado e creio que você tenha algo definitivo em mente. Diga-me, Celia Ravenscroft concorda com você?

— Eu não contei muito para ela. Veja bem, ela gostava muito de Maddy e Zélie.

— Maddy e Zélie?

— Ah, bem, são seus nomes. Ah, devo explicar. Não o fiz muito bem. Veja, quando Celia era bem novinha, na época em que a conheci, como já disse, quando éramos vizinhos no interior, ela tinha um tipo de... bem, imagino que hoje em dia se chame de *au pair*, uma moça francesa, mas na época chamavam de tutora. Sabe, uma governanta francesa. Uma mademoiselle. E veja, ela era muito gentil. Brincava com todas as crianças, e Celia sempre a chamava de "Maddy", como apelido... e toda a família passou a chamá-la de Maddy.

— Ah, sim. Uma mademoiselle.

— Sim, veja, como o senhor é francês, pensei que... pensei que talvez ela pudesse lhe contar algo de que sabia e não gostaria de contar a outras pessoas.

— Ah. E o outro nome que mencionou?

— Zélie. O mesmo tipo de coisa, sabe. Uma mademoiselle. Maddy ficou lá, creio eu, por uns dois ou três anos, então voltou para a França, ou Suíça, acho que era, e essa outra a substituiu. Mais nova que Maddy, e nós não a chamávamos de Maddy. Celia a chamava de Zélie. Era muito jovem, bonita e divertida. Todos nós a adorávamos muito. Ela brincava conosco e era amada por todos. Pela família também. E o General Ravenscroft era muito chegado a ela. Eles costumavam jogar carteado juntos, sabe, piquete muitas coisas.

— E Lady Ravenscroft?

— Ah, ela era devotada a Zélie também, e Zélie, a ela. É por isso que ela voltou depois que foi embora.

— Voltou?

— Sim, quando Lady Ravenscroft ficou doente e foi para o hospital, Zélie voltou para ser uma espécie de acompanhante e cuidar dela. Não sei, mas acredito, acho, tenho quase certeza de que ela estava lá quando... a tragédia... aconteceu. E desse modo, veja bem, ela *saberia*... o que realmente aconteceu.

— E você sabe o endereço dela? Sabe onde ela está agora?

— Sei. Sei onde ela está. Tenho o endereço. Tenho os endereços das duas. Pensei que talvez você pudesse ir vê-la, ou a ambas. Sei que é pedir demais... — Ele hesitou.

Poirot olhou para ele por alguns minutos. Então respondeu:

— Sim, é uma possibilidade... Certamente... uma possibilidade.

Livro 2

Sombras longas

Capítulo 11

Superintendente Garroway e Poirot trocam figurinhas

O Superintendente Garroway olhou para Poirot, do outro lado da mesa. Seus olhos brilhavam. Ao seu lado, George servia um uísque com soda. Partindo para Poirot, ele serviu uma taça cheia de um líquido roxo-escuro.

— Qual é o seu veneno? — perguntou o Superintendente Garroway com algum interesse.

— Um licor de cassis — respondeu Poirot.

— Ora, ora — disse o Superintendente Garroway —, cada um com seu gosto. O que foi mesmo que Spence me disse? Ele me disse que você costumava beber algo chamado de tisana, não era? O que é isso, é um tipo de piano francês ou algo assim?

— Não, é bom para abaixar febres.

— Ah. Algum tipo de droga de inválido. — Ele bebeu do próprio copo. — Bem, um brinde ao suicídio!

— E *foi* suicídio? — perguntou Poirot.

— O que mais poderia ser? — retrucou o Superintendente Garroway. — As coisas que você queria saber! — Ele balançou a cabeça, com um sorriso mais largo e pronunciado.

— Eu sinto muito — falou Poirot — por tê-lo incomodado tanto. Sou como o animal ou a criança numa das histórias de Mr. Kipling. Sofro de Curiosidade Insaciável.

— Curiosidade insaciável — repetiu o Superintendente Garroway. — Boas histórias que ele escreveu, Kipling. Sabia do que falava. Alguém me contou uma vez que aquele homem poderia dar uma voltinha ao redor de um destróier e descobrir mais sobre o navio do que qualquer um dos melhores engenheiros da Marinha Real.

— Aí está — disse Hercule Poirot. — Eu não sei tudo. Portanto, veja bem, preciso fazer perguntas. Temo ter lhe mandado uma lista bastante longa de perguntas.

— O que me intrigou — explicou o Superintendente Garroway — é a forma como saltou de uma para a outra. Psiquiatras, relatórios médicos, como dinheiro foi deixado, quem tinha dinheiro, quem recebeu dinheiro. Quem esperava dinheiro e não recebeu, particularidades dos penteados de mulheres, perucas, nomes de fornecedores de peruca, aliás, que vinham em encantadoras caixas de papelão rosado, por sinal.

— Você sabia de todas essas coisas — observou Poirot. — Isso me surpreendeu, posso garantir.

— Ah, bem, foi um caso intrigante, e é claro que fizemos análises completas sobre o assunto. Nada foi de muita serventia, mas guardamos os arquivos, que estavam disponíveis para quem quisesse procurar.

Ele empurrou um pedaço de papel pelo tampo da mesa.

— Aqui está. Cabeleireiros. Bond Street. Empresa cara. Eugene e Rosentelle era o nome. Mudaram de endereço mais tarde. Mesma empresa, mas começou a funcionar na Sloane Street. Aqui tem o endereço, mas hoje em dia é uma pet shop. Duas das assistentes se aposentaram alguns anos atrás, mas eram elas quem mais atendiam clientes na época, e Lady Ravenscroft estava na lista. Rosentelle mora em Cheltenham agora. Ainda na mesma área, mas se intitula "cabeleireira" agora... Esse é o termo moderno. Também tem "esteticista". Mesma pessoa, chapéu diferente, como diziam na minha juventude.

— A-ha! — exclamou Poirot.

— Por que "a-ha"? — perguntou Garroway.

— Eu lhe sou imensamente grato — explicou Hercule Poirot. — Você me apresentou uma ideia. Que estranha é a maneira como as ideias surgem na nossa cabeça.

— Você já tem ideias demais na cabeça — disse o superintendente —, esse é um de seus problemas... Não precisa de nenhuma outra. Pois bem, conferi o máximo que consegui do histórico familiar... Não há muito ali. Alistair Ravenscroft era de linhagem escocesa. O pai era clérigo, dois tios no Exército, ambos bastante distintos. Casou-se com Margaret Preston-Grey, garota de bom berço, debutou na corte vitoriana e tudo o mais. Nenhum escândalo familiar. Você tinha muita razão sobre ela ser gêmea. Não sei de onde sacou isso... Dorothea e Margaret Preston-Grey, conhecidas informalmente como Dolly e Molly. Os Preston-Grey viviam em Hatters Green, Sussex. Gêmeas idênticas, com o tipo de história típico. Perderam o primeiro dente no mesmo dia, ambas tiveram escarlatina no mesmo mês, usavam o mesmo tipo de roupa, se apaixonaram pelo mesmo tipo de homem, se casaram na mesma época, ambas com maridos no Exército. O médico que atendeu a família quando eram jovens morreu alguns anos atrás, então não há nada de interessante a se conseguir dele. Porém, houve uma tragédia cedo, conectada a uma delas.

— Lady Ravenscroft?

— Não, a outra... Ela se casou com um Capitão Jarrow e teve dois filhos; o mais novo, um menino de 4 anos, foi derrubado por um carrinho de mão, ou algum desses brinquedos de jardim para crianças, uma pá, ou enxada. Algo que o atingiu na cabeça e o derrubou em uma lagoa artificial ou algo assim e se afogou. Aparentemente, foi a outra criança, uma menina de 9 anos, a responsável. Estavam brincando juntos e brigaram, como acontece com crianças. Não parece haver muita dúvida, mas *houve* outra história. Alguém disse que foi a mãe quem cometeu o crime... ficou brava e bateu nele... e outra pessoa disse que foi a vizinha. Não imagino que seja muito do seu interesse... não tem muita conexão com um pacto de suicídio feito pela irmã da mãe e o marido anos depois.

— Não — disse Poirot —, não parece ter. Mas é sempre bom saber o histórico.

— Sim — concordou Garroway —, como falei, há de se olhar para o passado. Não posso afirmar que pensamos em olhar para um passado tão distante assim. Quero dizer, como mencionei, tudo isso aconteceu alguns anos antes do suicídio.

— Houve alguma investigação na época?

— Sim. Consegui ler sobre o caso. Relatos. Relatos jornalísticos. Coisas diferentes. Houve algumas dúvidas, sabe? A mãe ficou terrivelmente mexida. Surtou por completo e precisou ser internada. Dizem que nunca mais foi a mesma mulher desde então.

— Mas achavam que ela que cometera o crime?

— Bem, foi o que o médico pensou. Não houve evidência direta, entenda. Ela disse que viu por uma janela, que viu a filha mais velha bater no garoto e o empurrar. Mas seu relato... bem, não sei se acreditaram na época. Ela falava com tanta agitação.

— Houve, imagino eu, alguma evidência psiquiátrica?

— Sim. Ela foi para uma casa de repouso ou algum tipo de hospital, definitivamente tinha algum problema mental. Ficou um bom tempo sendo tratada em um ou dois estabelecimentos diferentes, acredito que sob os cuidados de um dos especialistas do hospital St. Andrew, em Londres. No final das contas, foi diagnosticada como curada e liberada depois de uns três anos. Mandaram-na para casa para levar uma vida normal com a família.

— E ela estava completamente normal?

— Acho que sempre foi neurótica...

— Onde ela estava, na época do suicídio? Estava ficando na casa dos Ravenscroft?

— Não, ela falecera quase três semanas antes disso. Estava ficando na casa deles em Overcliffe quando ocorreu. Pareceu de novo ser uma ilustração do destino de gêmeos idênticos. Ela era sonâmbula, parece que já sofria disso havia anos. Teve um ou dois acidentes pequenos dessa forma. Às vezes tomava tranquilizantes demais e acabava caminhando pela casa e às vezes até saindo ao longo da noite. Ela estava seguindo uma trilha perto da beira do penhasco, perdeu o equilíbrio e caiu do precipício. Morreu na hora... não a encontraram até o dia seguinte. A irmã, Lady Ravenscroft, ficou terrivelmente abalada. Eram muito devotadas uma à outra, e ela precisou ser levada ao hospital devido ao choque.

— Será que esse acidente trágico pode ter levado ao suicídio dos Ravenscroft algumas semanas depois?

— Nunca houve sugestão de tal coisa.

— Coisas estranhas acontecem com gêmeos, como você dizia... Lady Ravenscroft pode ter se matado por causa da conexão com a irmã gêmea. Então o marido pode ter atirado em si porque se sentia culpado de alguma forma...

O Superintendente Garroway disse:

— Você tem ideias demais, Poirot. Alistair Ravenscroft não pode ter tido um caso com a cunhada sem que todos soubessem. Não havia nenhuma menção do tipo, se é isso o que anda imaginando.

O telefone tocou, e Poirot se levantou para atender. Era Mrs. Oliver.

— Monsieur Poirot, você poderia vir para um chá ou xerez amanhã? Pedi para Celia vir... e mais tarde a mulher mandona. Era isso que queria, não era?

Poirot respondeu que era exatamente o que queria.

— Tenho que correr agora — disse Mrs. Oliver. — Vou encontrar um velho veterano de guerra, fornecido pelo meu elefante número 1, Julia Carstairs. Creio que ela tenha errado seu nome, ela sempre erra, mas espero que o endereço esteja certo.

Capítulo 12

Celia conhece Hercule Poirot

— Bem, madame — disse Poirot —, e como foi com Sir Hugo Foster?

— Para começo de conversa, seu nome não era Foster, e sim Fothergill. Pode confiar que Julia vai lembrar o nome errado. Ela sempre faz isso.

— Então elefantes não são sempre confiáveis em suas lembranças de nomes?

— Não me fale de elefantes... Estou farta de elefantes.

— E seu veterano?

— Um idoso muito querido, mas inútil como fonte de informação. Obcecado com um pessoal chamado Barnet, cujo filho morreu num acidente na Malásia britânica. Mas nada ligado aos Ravenscroft. Falei que estou farta de elefantes...

— A madame foi de extrema perseverança e nobreza.

— Celia chegará em cerca de meia hora. Você queria conhecê-la, não queria? Eu disse a ela que você está... bem, me ajudando nessa questão. Ou preferiria que ela fosse visitá-lo?

— Não — respondeu Poirot —, creio que eu gostaria de vê-la da maneira que você organizou.

— Não imagino que ela ficará muito. Se nos livrarmos dela em cerca de uma hora não seria mau, só para analisar as coisas um pouco antes de Mrs. Burton-Cox chegar.

— Ah, sim. Essa será interessante. Sim, muito interessante.

Mrs. Oliver suspirou.

— Minha nossa, mas é uma pena, não é? Nós de fato temos material demais, não temos?

— Sim — concordou Poirot. — Não sabemos o que buscamos. Tudo o que sabemos ainda é, ao que tudo indica, o suicídio duplo de um casal que compartilhava uma vida tranquila e feliz. E o que temos de evidência para causa, como motivo? Nós fomos para a frente e para trás, para a direita, para a esquerda, para oeste, para leste.

— Exato — disse Mrs. Oliver. — Para todo lado. Nós não estivemos no Polo Norte ainda.

— Nem no Polo Sul — complementou Poirot.

— Então o que tem aí, ao frigir de todos esses ovos?

— Diversas coisas — disse Poirot. — Fiz uma lista. Quer ler?

Mrs. Oliver se aproximou, sentou-se ao lado dele e olhou por cima do seu ombro.

— Perucas — leu ela, apontando para o primeiro item. — Por que perucas primeiro?

— Quatro perucas — explicou Poirot —, parece ser interessante. Interessante e um tanto difícil de resolver.

— Creio que a loja de onde ela comprou as perucas já tenha fechado. As pessoas vão a lugares bem diferentes em busca de perucas, e não se usa tantas quanto se usavam na época. As pessoas costumavam usar perucas para ir ao exterior. Sabe, porque poupa uma trabalheira durante a viagem.

— Sim, sim — disse Poirot —, faremos o que pudermos com perucas. De qualquer forma, esse ponto me interessa. Então há outras histórias. Histórias de distúrbio mental na família. Histórias de uma irmã gêmea mentalmente perturbada que passou muitos anos em um hospício.

— Não parece levar a lugar algum — respondeu Mrs. Oliver. — Quero dizer, imagino que ela pudesse ter atirado nos dois, mas não vejo muito motivo para tal.

— Não — concordou Poirot —, as digitais no revólver eram definitivamente apenas do General Ravenscroft e da esposa, até onde sei. Então há as histórias de uma criança, uma criança na Malásia britânica que foi assassinada ou atacada, é possível que por essa irmã gêmea de Lady Ravenscroft. Ou por outra mulher bem diferente, talvez uma ama ou empregada. Segundo item. Você sabe um pouco mais sobre dinheiro.

— Onde dinheiro entra na história? — perguntou Mrs. Oliver, com alguma surpresa.

— Não entra — respondeu Poirot. — Isso que é tão interessante. Dinheiro em geral entra na história. Dinheiro que alguém recebeu em consequência do suicídio. Dinheiro perdido. Dinheiro causando dificuldades, criando problemas, provocando cobiça e desejo. É difícil, essa situação. Difícil de ver. Não parece existir uma grande quantidade de dinheiro em parte alguma. Há diversas histórias de casos amorosos, mulheres que atraíam o marido, homens que atraíam a esposa. Um caso em um lado ou outro poderia ter levado a suicídio ou homicídio. Com frequência, leva. Então chegamos ao que me interessa mais no momento. É por isso que estou tão ansioso para conhecer Mrs. Burton-Cox.

— Ah. Aquela mulher pavorosa. Não vejo por que acha que ela é importante. Tudo que fez foi agir como uma enxerida e querer que eu descobrisse informações.

— Sim, mas por que ela queria que você descobrisse informações? Parece-me muito estranha, essa questão. Parece-me que é algo a ser descoberto. Ela é a conexão, entenda.

— A conexão?

— Sim. Nós não sabemos qual era a conexão, onde estava, como era. Tudo o que sabemos é que ela quer desesperadamente saber mais sobre esse suicídio. Sendo uma conexão, ela se liga tanto à sua afilhada, Celia Ravenscroft, quanto ao filho que não é filho dela.

— Como assim... não é filho dela?

— Ele é adotado — explicou Poirot. — Um filho que ela adotou porque o dela morreu.

— Como o filho dela morreu? Por quê? Quando?

— Já me perguntei todas essas coisas. Ela poderia ser uma conexão, uma conexão emocional, um desejo por vingança causado por ódio, por algum caso romântico. De qualquer forma, preciso vê-la. Preciso formar uma opinião sobre ela. Sim, não consigo deixar de pensar que é muito importante.

A campainha tocou, e Mrs. Oliver saiu para atender.

— Creio que seja Celia — anunciou ela. — Tem certeza de que não tem problema?

— Por mim, não — disse Poirot. — Tampouco por ela, espero.

Mrs. Oliver voltou alguns minutos depois, acompanhada de Celia Ravenscroft. Ela tinha um ar de dúvida e suspeita.

— Eu não sei — dizia ela — se eu... — Então parou, encarando Hercule Poirot.

— Quero apresentá-la — falou Mrs. Oliver — a alguém que está me ajudando, e espero que a ajude também. Quer dizer, que a ajude no que quer saber e descobrir. Este é Monsieur Hercule Poirot. Ele tem uma genialidade especial em descobrir coisas.

— Ah — disse Celia.

Ela olhou com bastante dúvida para a cabeça oval, o bigode monstruoso e a estatura pequena.

— Eu acho — concluiu, muito hesitante — que já ouvi falar dele.

Hercule Poirot se impediu, com um leve esforço, de responder: "A maioria das pessoas já ouviu falar de mim." Não era tão verdadeiro quanto antes porque muitas das pessoas que haviam conhecido ou ouvido falar de Hercule Poirot agora repousavam com lápides adequadas acima delas, em adros. Ele disse:

— Sente-se, mademoiselle. Vou lhe contar algo a meu respeito: quando começo uma investigação, vou até o final. Eu trago a verdade à luz, e se o que quer é, digamos assim, verdadeiramente a verdade, então levarei esse conhecimento à senhorita. Mas pode ser que prefira ser tranquilizada. Não é a mesma coisa que querer a verdade. Consigo encontrar vários aspectos que possam lhe tranquilizar. Seria o suficiente? Se sim, não peça por mais.

Celia se sentou na cadeira que ele havia empurrado na direção dela, e olhou para ele de forma bastante honesta. Então perguntou:

— O senhor não acha que eu gostaria da verdade, é isso?

— Eu acho — explicou Poirot — que a verdade pode ser... um choque, uma mágoa, e que você possa dizer: "Por que eu não deixei tudo isso para trás? Por que pedi por essa informação? É uma informação dolorosa sobre a qual eu não posso fazer qualquer coisa útil ou promissora. Trata-se de um suicídio duplo de um pai e uma mãe que eu... bem, vou admitir, que eu amava." Não é uma desvantagem amar os pais.

— Parece ser considerado assim às vezes, hoje em dia — comentou Mrs. Oliver. — Uma nova forma de pensar, digamos.

— É assim que tenho vivido — contou Celia. — Começando a me perguntar, sabe? Pescando coisas estranhas que as pessoas comentavam às vezes. Pessoas que me olhavam com pena. Mais do que isso, no entanto. Com curiosidade também. A gente começa a descobrir, sabe, coisas sobre as pessoas, quero dizer. As pessoas que encontra, que conhece, que conheciam sua família. Eu não quero essa vida. Quero... o senhor pensa que não quero de verdade, mas quero. Eu quero a verdade. Consigo lidar com a verdade. Só me diga uma coisa.

Não era uma continuação da conversa. Celia havia se voltado para Poirot com outra questão. Algo que substituíra o que estivera em sua mente até um momento antes.

— O senhor viu Desmond, não viu? — perguntou ela. — Ele veio vê-lo. Ele me contou.

— Sim. Ele veio me ver. Não desejava que ele fizesse isso?

— Ele não perguntou minha opinião.

— Se tivesse perguntado?

— Não sei. Não sei se eu o teria proibido, dito para não fazer isso de jeito maneira, ou se o teria encorajado.

— Eu gostaria de lhe fazer uma pergunta, mademoiselle. Quero saber se tem uma coisa clara em sua mente que lhe importa, que pode lhe importar mais do que qualquer outra coisa.

— Bem, o que é essa coisa?

— Como você disse, Desmond Burton-Cox veio me ver. Um rapaz muito atraente e agradável, e muito sincero no que veio me dizer. Agora essa... essa é a coisa realmente importante. Saber se vocês de fato querem se casar... porque isso *é* sério. Apesar de os jovens nem sempre pensarem dessa forma hoje em dia, trata-se de uma conexão para a vida toda. A senhorita quer entrar nesse estado? Isso importa. Que diferença faria para vocês dois se a morte de duas pessoas foi um suicídio duplo ou algo bem diferente?

— O senhor acha que *é* algo bem diferente... ou foi mesmo?

— No momento, não sei ainda — disse Poirot. — Tenho motivos para acreditar que pode ter sido. Há certos aspectos que não batem com um suicídio duplo, mas até onde consigo seguir a opinião da polícia, e a polícia é muito confiável, mademoiselle Celia, muito confiável, eles juntaram toda a evidência e julgaram de forma bastante definitiva que não pode ter sido ser nada além de um suicídio duplo.

— Mas nunca souberam a causa? É o que quer dizer.

— Sim — confirmou Poirot —, é o que quero dizer.

— E tampouco o senhor sabe a causa? Quero dizer, ao pesquisar ou pensar, ou seja lá o que faça?

— Não, não tenho certeza — disse Poirot. — Creio que possa ser algo muito doloroso de descobrir e estou lhe perguntando se será sensata o suficiente para afirmar: "O passado é o passado. Eis aqui um rapaz de quem gosto muito e que gosta de mim. O que passaremos juntos é o futuro, não o passado."

— Ele lhe contou que é adotado? — perguntou Celia.

— Sim, contou.

— Desse modo, por que isso é da conta de Mrs. Burton-Cox? Por que ela perturbaria Mrs. Oliver, tentando forçá-la a me fazer perguntas, descobrir coisas? Ela nem é a mãe verdadeira dele.

— Ele gosta dela?

— Não — disse Celia. — Eu diria que, de maneira geral, ele não gosta dela. Acho que nunca gostou.

— Ela gastou dinheiro com ele, com escola e roupas e todo tipo de coisas variadas. E acha que *ela* gosta *dele*?

— Eu não sei. Acho que não. Ela queria, imagino, um filho para substituir o que perdeu. Ela teve um filho que morreu em um acidente, foi por isso que quis adotar uma criança, e o marido também morrera pouco tempo antes. Essas datas todas são tão difíceis.

— Eu sei, eu sei. Eu gostaria, talvez, de saber uma coisa.

— Sobre ela ou sobre ele?

— Ele é sustentado financeiramente?

— Não sei bem o que quer dizer com isso. Ele vai poder me sustentar... sustentar uma esposa. Imagino que algum dinheiro foi reservado para ele na época da adoção. Uma soma suficiente, quero dizer. Não uma fortuna nem nada assim.

— Não há nada que ela poderia... reter?

— O quê, quer dizer que ela cortaria a fonte do dinheiro se ele se casasse comigo? Não acho que ela jamais tenha feito tal ameaça, ou que de fato pudesse levá-la a cabo. Creio que foi tudo decidido pelos advogados ou por quem quer que organize adoções. Quero dizer, eles fazem todo um rebuliço, essas sociedades de adoção, pelo que ouço.

— Quero lhe perguntar outra coisa que poderia saber, mas ninguém mais sabe. Mrs. Burton-Cox também deve saber. A senhorita sabe quem foi a mãe real dele?

— O senhor acha que pode ser um dos motivos para ela ser tão enxerida e tudo o mais? Algo a ver com, como falou, quem ele era de fato? Não sei. Imagino que ele possa ter sido um filho ilegítimo. São eles os que vão para adoção em geral, não são? Ela pode ter descoberto algo sobre a mãe ou o pai de verdade ou algo assim. Se for o caso, não contou a ele. Imagino que apenas tenha contado as tolices que sugerem que você diga. Que é muito bom ser adotado, porque mostra que você foi desejado de verdade. Tem um monte de bobajada desse tipo.

— Acho que algumas sociedades sugerem que se dê a notícia dessa forma. Algum de vocês dois sabe de qualquer relação de sangue?

— Eu não sei. Não creio que ele saiba, mas não penso que ele se preocupe com isso de forma alguma. Ele não é do tipo preocupado.

— Sabe se Mrs. Burton-Cox era amiga de sua família, de seus pais? Até onde se lembra, você a conheceu enquanto morava em sua própria casa, no começo da infância?

— Acho que não. Creio que a mãe de Desmond... quero dizer, creio que Mrs. Burton-Cox tenha ido para a Malásia britânica. Acho que talvez o marido tenha morrido lá, e Desmond foi mandado para estudar na Inglaterra durante esse mesmo período, hospedando-se com alguns primos ou com pessoas que recebem crianças para passar as férias. E foi assim que ficamos amigos. Eu nunca me esqueci dele, sabe? Eu era uma dessas que idolatrava quem era metido a herói. Ele era maravilhoso subindo em árvores e me ensinou sobre ninhos e ovos de pássaros. Então me pareceu muito natural quando eu o reencontrei, digo, quando o encontrei na universidade, e nós dois falamos de onde havíamos morado e ele me perguntou meu nome. Ele disse "Eu só sei seu primeiro nome", e então nós nos lembramos de muitas coisas juntos. É o que nos fez, digamos assim, nos conhecer melhor. Não sei tudo a respeito dele. Não sei *nada*. Quero saber. Como podemos organizar a vida e saber o que fazer com ela se não soubermos tudo a respeito de coisas que nos afetam, que aconteceram de verdade?

— Então está me dizendo para prosseguir com a investigação?

— Sim, se for produzir qualquer resultado, apesar de eu achar difícil, porque, de certa forma, Desmond e eu já fizemos nossa própria investigação. Mas não achamos muita coisa. Parece sempre chegar nesse simples fato que não é realmente a história de uma vida. É a história de uma morte, não é? Ou melhor, de duas mortes. Quando se trata de um suicídio duplo, vemos como uma só morte. Tem uma citação, não sei se é de Shakespeare ou de onde vem: "E na morte não foram separados." — Ela se voltou para Poirot de novo. — Sim, prossiga. Continue a investigar. Continue a contar a Mrs. Oliver ou a me contar diretamente. Eu preferiria que me contasse diretamente. — Ela olhou para Mrs. Oliver. — Não quero ser grosseira, madrinha. A senhora tem sido muito boa para mim, sempre, mas... mas eu gostaria de ouvir direto da fonte. Temo que seja uma forma rude de me referir ao senhor, Monsieur Poirot, mas não foi minha intenção.

— Não — disse Poirot —, fico contente de ser a fonte.

— E acha que será?

— Sempre acho que posso.

— E é sempre verdade, não é?

— É geralmente verdade — respondeu Poirot. — Não digo mais do que isso.

Capítulo 13

Mrs. Burton-Cox

— Bem — disse Mrs. Oliver ao retornar ao recinto depois de acompanhar Celia até a porta. — O que achou dela?

— É uma figura — falou Poirot —, uma garota interessante. Definitivamente, se posso dizer assim, ela é alguém, e não ninguém.

— Sim, é bem verdade — concordou Mrs. Oliver.

— Eu gostaria que você me contasse uma coisa.

— Sobre ela? Eu realmente não a conheço muito bem. É como acontece com afilhados. Quero dizer, você só os vê em intervalos determinados e bem distantes.

— Não me referia a ela. Conte-me sobre a mãe.

— Ah. Entendo.

— Você conhecia a mãe dela?

— Sim. Ficamos numa espécie de *pensionnat* em Paris juntas. Na época, as pessoas costumavam mandar garotas para Paris para debutar — contou Mrs. Oliver. — Isso parece mais uma apresentação a um cemitério do que à sociedade. O que quer saber dela?

— Você se lembra dela? Lembra de como ela era?

— Sim. Como já disse, a gente não se esquece totalmente das coisas ou das pessoas só porque estão no passado.

— Que impressão ela causava em você?

— Ela era linda — disse Mrs. Oliver. — Disso eu me lembro. Não quando tinha 13 ou 14 anos. Nessa época ainda tinha muitas gordurinhas da infância. Todas nós tínhamos — acrescentou, pensativa.

— Ela era uma figura?

— É difícil lembrar, porque, veja, ela não era minha única ou melhor amiga. Quero dizer, éramos muitas... formávamos um grupinho, como se pode dizer. Pessoas com gostos mais ou menos parecidos. Gostávamos de tênis, e gostávamos de ser levadas à ópera, e ficávamos mortas de tédio ao ir a galerias. Realmente só consigo lhe dar uma ideia geral. Molly Preston-Grey. Esse era o nome.

— Vocês duas tiveram namorados?

— Tivemos uma ou duas paixonites, creio. Não por cantores da moda, é claro. Esse fenômeno ainda não existia. Atores, em geral. Havia um ator bem famoso. Uma garota, uma delas, tinha um retrato dele preso na cabeceira da cama, e mademoiselle Girand, a madame francesa, de forma alguma permitia aquele ator pendurado ali. "*Ce n'est pas convenable*", dizia. Acredita que a garota falou que era o pai dela?! Nós rimos muito — acrescentou Mrs. Oliver. — Ah, como rimos.

— Bom, conte mais sobre Molly ou Margaret Preston-Grey. Celia a lembra dela?

— Não, não acho que lembra. Não. Elas não são parecidas. Creio que Molly fosse mais... mais sentimental do que a garota.

— Havia uma irmã gêmea, pelo que soube. Ela estava no mesmo *pensionnat*?

— Não, não estava. Ela poderia, já que eram da mesma idade, mas não, acho que estava em um lugar na Inglaterra totalmente diferente. Não tenho certeza. Tenho a sensação de que a gêmea, Dolly, com quem só encontrei uma ou duas vezes por acaso, e que, é claro, era igualzinha a Molly na época... Quero dizer, elas não tinham começado a ficar com uma aparência diferente, fazer penteados diferentes e tudo isso, como gêmeos costumam fazer quando crescem. Acho que Molly era devotada à irmã, Dolly, mas não falava muito dela.

Tenho a sensação... hoje em dia, quero dizer, não na época, que poderia haver algo um pouco errado com a irmã, mesmo naquele tempo. Uma ou duas vezes, eu me lembro, alguém mencionou que ela estava doente ou que viajara para fazer algum tipo de tratamento em algum lugar. Algo assim. Eu me lembro de uma vez me perguntar se ela era aleijada. Ela foi levada uma vez por uma tia numa viagem de navio para melhorar a saúde. — Ela balançou a cabeça. — Mas não consigo lembrar de fato. Eu só tinha a sensação de que Molly era devotada a ela e teria gostado de protegê-la de alguma forma. Isso lhe parece sem sentido? .

— De forma alguma — disse Hercule Poirot.

— Houve outros momentos, eu acho, em que ela não queria falar da irmã. Ela falava dos pais. Ela gostava deles, eu acho, daquele jeito normal. A mãe dela uma vez foi a Paris e a levou para passear, eu lembro. Mulher gentil. Não muito empolgante nem bonita nem nada. Gentil, tranquila, bondosa.

— Entendo. Então você não tem nada para nos ajudar nesse quesito? Nenhum namorado?

— Nós não tínhamos tantos namorados na época — disse Mrs. Oliver. — Não é como hoje em dia, em que é algo esperado. Mais tarde, quando voltamos à Inglaterra, nós mais ou menos nos afastamos. Acho que Molly foi para algum lugar do exterior com os pais. Acho que não era a Índia... acho que não. Algum outro lugar, acho que talvez Egito. Agora penso que estivessem em Serviços Diplomáticos. Eles ficaram na Suécia por um tempo, e depois foram para algum lugar tipo Bermuda ou as Índias Ocidentais. Acho que ele era governador ou algo assim lá. Mas a gente nunca se lembra bem desse tipo de coisa. Tudo do que nos lembramos são as coisas bobas que dizíamos uma para a outra. Eu tinha uma quedinha pelo professor de violino, lembro. Molly gostava muito do professor de música, o que era muito satisfatório para nós, e imagino que desse muito menos preocupação do que namorados dão hoje em dia. Quero dizer, a gente adorava, ansiava pelo dia da próxima aula. Eles eram, não tenho dúvida alguma, bastante indiferentes a nós. Mas a gente sonhava com eles à noite e me lembro de ter um esplêndido devaneio em que eu cuidava do meu amado Monsieur Adolphe quando ele tinha cólera, e eu dava, creio eu, transfusões de sangue para salvar sua vida. Como éramos tolas, muito tolas. E pensar em todas as outras coisas que pensávamos em fazer! Houve uma vez em que eu fiquei muito determinada a me tornar freira e mais tarde pensei que seria uma enfermeira hospitalar. Bem, imagino que Mrs. Burton-Cox chegará em um instante. Eu me pergunto como ela reagirá a você.

Poirot espiou o relógio.

— Descobriremos muito em breve.

— Tem mais alguma coisa que precisamos discutir primeiro?

— Acho que há alguns poucos pontos em que podemos comparar notas. Creio que há uma ou duas coisas que merecem mais investigação. Uma investigação de elefante para você, digamos assim? E um aprendiz de elefante para mim.

— Que coisa extraordinária de se dizer — comentou Mrs. Oliver. — Eu falei que estava farta de elefantes.

— Ah — disse Poirot —, mas talvez os elefantes não estejam fartos de você.

A campainha da frente tocou outra vez. Poirot e Mrs. Oliver trocaram olhares.

— Bem — falou ela —, lá vamos nós.

E deixou o recinto mais uma vez. Poirot ouviu sons de cumprimentos do lado de fora e, um momento ou dois depois, Mrs. Oliver retornou, guiando a figura um tanto corpulenta de Mrs. Burton-Cox.

— Que apartamento adorável a senhora tem — elogiou Mrs. Burton-Cox. — Tão encantador de sua parte reservar um tempo, seu tempo valiosíssimo, tenho certeza, para me chamar para vê-la. — Seus olhos dispararam para Hercule Poirot. Uma leve expressão de surpresa passou por seu rosto. Por um momento, seus olhos foram dele para o piano de

152 · AGATHA CHRISTIE ·

cauda sob uma janela. Ocorreu a Mrs. Oliver que Mrs. Burton-Cox pensava que Hercule Poirot fosse um afinador de piano. Ela se apressou para dissipar a impressão.

— Quero apresentá-la — falou — a Monsieur Hercule Poirot.

Poirot se aproximou e se inclinou sobre a mão dela.

— Creio que ele seja a única pessoa capaz de ajudá-la de alguma forma. Sabe, sobre aquilo que me perguntou no outro dia, em relação a minha afilhada, Celia Ravenscroft.

— Ah, sim, que gentil se lembrar. Realmente espero que possa me fornecer um pouco mais de informação a respeito do que aconteceu de verdade.

— Temo que eu não tenha obtido muito sucesso — disse Mrs. Oliver —, e é por isso que pedi a Monsieur Poirot para vê-la. Ele é uma pessoa maravilhosa, sabe, em buscar informações em geral. De fato, está no topo da profissão. Nem consigo contar quantos muitos amigos meus ele ajudou e quantos, bem, posso chamar de mistérios, ele elucidou. E essa história foi tão trágica.

— Sim, de fato — concordou Mrs. Burton-Cox. Seu olhar continuava hesitante.

Mrs. Oliver indicou cadeiras e perguntou:

— Agora, o que gostaria de beber? Uma taça de xerez? É tarde demais para chá, é claro. Ou prefere algum tipo de coquetel?

— Ah, uma taça de xerez. A senhora é muito gentil.

— Monsieur Poirot?

— Eu também — disse Poirot.

Mrs. Oliver não conseguia conter um sentimento de gratidão por ele não ter pedido um *sirop de cassis* ou alguns de seus drinques frutados favoritos. Ela pegou taças e uma garrafa.

— Já transmiti a Monsieur Poirot as linhas gerais da investigação que a senhora deseja conduzir.

— Ah, sim — respondeu Mrs. Burton-Cox.

Ela aparentava estar deveras hesitante e não muito certa de si, como parecia ser seu estado natural.

— Esses jovens — disse ela a Poirot — são tão difíceis hoje em dia. Esses jovens... Meu filho, um garoto tão querido, nós temos grandes esperanças de ele se sair bem no futuro. Então tem essa garota, uma garota muito encantadora, que, como Mrs. Oliver provavelmente lhe contou, é sua afilhada, e... bem, é claro, nunca se sabe. Quero dizer, essas amizades brotam e com frequência não duram. Elas são o que costumávamos chamar de paixonite, sabe, anos atrás, e é muito importante saber ao menos um pouco sobre os... antecedentes das pessoas. Sabe, como é a família. Ah, é claro que sei que Celia é uma moça muito bem-nascida e tudo mais, mas *houve* essa tragédia. Suicídio duplo, creio eu, ainda que ninguém tenha conseguido me explicar de verdade o que levou a isso, digamos assim. Não tenho amigos em comum com os Ravenscroft, então é muito difícil para mim ter algumas ideias. Sei que Celia é uma garota encantadora e tal, mas seria bom saber... saber mais.

— Pelo que soube pela minha amiga, Mrs. Oliver, a senhora queria saber de algo em específico. A senhora queria saber, na verdade...

— O que a senhora disse que queria saber — disse Mrs. Oliver, intrometendo-se com a voz firme — era se o pai de Celia atirou na mãe e então em si mesmo ou se a mãe de Celia atirou no pai e então em si mesma.

— Sinto que faz diferença — afirmou Mrs. Burton-Cox. — Sim, com certeza sinto que faz diferença.

— Um ponto de vista muito interessante — comentou Poirot. Seu tom não era muito encorajador.

— Ah, o histórico emocional, digamos assim, os eventos emocionais que levaram a tudo isso. Em um casamento, é preciso admitir, nós temos que pensar nos filhos. Os filhos, quero dizer, que estão por vir. Refiro-me à hereditariedade. Creio que aprendemos que hereditariedade tem mais impacto que ambiente. Leva a uma certa formação de caráter e certos riscos muito graves que se pode não querer correr.

154   · AGATHA CHRISTIE ·

— Verdade — disse Poirot. — As pessoas que assumem os riscos são quem têm que tomar a decisão. Seu filho e essa moça, a escolha será deles.

— Ah, eu sei, eu sei. Não é minha. Pais nunca podem escolher, podem? Nem mesmo dar nenhum conselho. Mas eu gostaria de saber algo a respeito, sim, eu gostaria muito de saber. Se o senhor sentir que conseguiria assumir qualquer... investigação, imagino que seja a palavra certa. Mas talvez... talvez eu esteja sendo uma mãe muito tola. Sabe? Ansiosa demais a respeito de meu filho querido. Mães são assim.

Ela soltou um relincho de risada, inclinando a cabeça levemente para um lado.

— Talvez — continuou ela, virando a taça de xerez —, talvez o senhor pense a respeito e eu também lhe avisarei. Talvez os aspectos exatos e pontos que me preocupam.

Ela espiou o relógio.

— Minha nossa. Minha nossa, estou atrasada para outro compromisso. Preciso partir. Sinto muitíssimo, querida Mrs. Oliver, por ter que sair correndo tão cedo, mas sabe como é. Tive muitas dificuldades para encontrar um táxi hoje à tarde. Um depois do outro só virava a cara e passava reto. Tudo muito, muito difícil, não é? Creio que Mrs. Oliver tenha seu endereço, não?

— Vou lhe dar meu endereço — afirmou Poirot. Ele sacou um cartão do bolso e o entregou.

— Ah, sim, sim. Certo. Monsieur Hercule Poirot. Você é francês, correto?

— Sou belga — corrigiu Poirot.

— Ah, sim, sim. *Belgique*. Sim, sim, é claro. Estou tão contente de ter conhecido o senhor, e me sinto tão esperançosa. Minha nossa, preciso ir muito, muito rápido.

Apertando a mão de Mrs. Oliver de forma calorosa, então estendendo a mesma mão para Poirot, ela deixou o cômodo, fazendo a porta ecoar no corredor.

— Bem, o que achou? — perguntou Mrs. Oliver.

— O que você achou?

— Ela fugiu — afirmou Mrs. Oliver. — Ela fugiu. Você a assustou de alguma forma.

— Sim — concordou Poirot —, acho que sua percepção está muito correta.

— Ela queria que eu arrancasse informações de Celia, queria que eu conseguisse alguma resposta, alguma expressão, algum tipo de segredo que ela suspeitava existir, mas não quer uma investigação de verdade, quer?

— Creio que não — disse Poirot. — Isso é interessante. Muito interessante. Ela está bem de dinheiro, você acha?

— Eu diria que sim. Suas roupas são caras, ela mora em um endereço caro, ela é... É difícil definir. Ela é uma mulher invasiva e mandona. Pertence a muitos comitês. Quero dizer, não tem nada de suspeito sobre ela. Perguntei a algumas pessoas. Ninguém gosta muito dela. Mas ela é esse tipo de mulher com espírito público que participa de política e todo esse tipo de coisa.

— Então o que há de errado com ela? — disse Poirot.

— Você acha que tem algo de errado com ela? Ou só não gosta dela, como é meu caso?

— Creio que exista algo que ela não queira trazer à luz — afirmou Poirot.

— Ah. E você vai descobrir o que é?

— Naturalmente, se conseguir. Pode não ser fácil. Ela está em retirada. Estava em retirada quando nos deixou aqui. Estava com medo de que perguntas eu lhe faria. Sim. É interessante. — Ele suspirou. — Precisaremos voltar, sabe, muito além do que pensamos.

— O que, voltar ao passado de novo?

— Sim. Em algum lugar do passado, em mais do que um caso, existe algo que precisamos descobrir antes de poder voltar para o que aconteceu... quanto tempo faz agora? Quinze, vinte anos, em uma casa chamada Overcliffe. Sim. Teremos que voltar mais uma vez.

— Bem, então está decidido — disse Mrs. Oliver. — E agora, o que há para fazer? O que é essa sua lista?

— Ouvi uma certa quantidade de informação pelos relatórios da polícia sobre o que foi encontrado na casa. Você se lembrará que entre os objetos havia quatro perucas.

— Sim — confirmou Mrs. Oliver —, você disse que quatro perucas eram demais.

— Pareceu ser um pouco excessivo — disse Poirot. — Também consegui certos endereços úteis. O endereço de um médico que pode ajudar.

— O médico? Quer dizer, o médico da família?

— Não, não o médico da família. O médico que forneceu evidências para uma investigação a respeito de uma criança que sofreu um acidente. Ou empurrada por uma criança mais velha ou possivelmente por outra pessoa.

— Quer dizer, pela mãe?

— Possivelmente a mãe, possivelmente outra pessoa que estava na casa na época. Conheço a parte da Inglaterra onde o caso se passou, e o Superintendente Garroway conseguiu rastreá-lo por meio de fontes conhecidas dele e também de amigos jornalistas meus que se interessaram por esse caso em particular.

— E você verá... ele deve ser muito velho a essa altura.

— Não é ele quem verei, mas seu filho. O filho também é qualificado como especialista em diversos tipos de desordens mentais. Tenho uma carta de apresentação a ele, que poderia me dizer algo de interesse. Também houve inquéritos sobre uma situação financeira.

— Como assim, situação financeira?

— Bem, há certas informações que precisamos descobrir. Esse é um dos campos em que qualquer movimento pode ser um crime. Dinheiro. Quem tem dinheiro a perder com algum acontecimento, quem tem dinheiro a ganhar com um acontecimento. Isso, há de se descobrir.

— Bem, já devem ter descoberto, no caso dos Ravenscroft.

— Sim, era tudo muito natural, parece. Ambos tinham testamentos padrões, deixando o dinheiro para o parceiro. A esposa deixou o dinheiro para o marido, e o marido deixou para a esposa. Nenhum deles se beneficiou com o que aconteceu porque ambos morreram. Então as pessoas que realmente lucraram foram a filha, Celia, e um filho mais novo, Edward, que agora está em uma universidade no exterior, pelo que soube.

— Bem, isso não vai ajudar. Nenhum dos filhos estava presente ou pode ter tido qualquer envolvimento com o incidente.

— Ah, não, isso é bem verdade. Deve-se ir além, mais para trás, para a frente e para os lados a fim de descobrir se há, em algum lugar, um motivo financeiro... bem, significativo, digamos assim.

— Bem, não me peça para fazer esse tipo de coisa — respondeu Mrs. Oliver —, não tenho qualificação nenhuma para tal. Quero dizer, isso ficou claro, imagino, de forma bastante razoável, nos... bem, nos elefantes com quem falei.

— Não pedirei. Acho que a melhor tarefa para você seria, digamos assim, assumir a questão das perucas.

— Perucas?

— Havia uma anotação no cuidadoso relatório de polícia na época sobre os fornecedores de perucas, que eram uma empresa bastante cara de cabeleireiros e fabricantes de peruca em Londres, na Bond Street. Mais tarde, essa loja em particular fechou, e o negócio foi transferido para outro endereço. Duas das sócias originais continuaram a gerir o negócio, e entendo que agora já o encerraram, mas tenho aqui um endereço de uma das peruqueiras e cabeleireiras principais, e pensei que talvez fosse mais fácil se as perguntas fossem feitas por uma mulher.

— Ah — disse Mrs. Oliver —, eu?

— Sim, você.

— Tudo bem. O que quer que eu faça?

— Faça uma visita a Cheltenham, a um endereço que lhe darei, e lá encontrará uma Madame Rosentelle. Ela não é mais jovem, mas já foi uma requisitada fornecedora de todo tipo de adornos para cabelo, e era casada, pelo que soube, com um homem da mesma área, um cabeleireiro especializado em superar os problemas da calvície masculina. Chinós e coisas assim.

— Minha nossa — resmungou Mrs. Oliver —, as tarefas que você me dá. Acha que eles se lembrarão de qualquer coisa sobre o caso?

— Elefantes se lembram — afirmou Hercule Poirot.

— Ah, e para quem você vai fazer perguntas? Esse médico que mencionou?

— Para começar, sim.

— E do que você acha que ele vai lembrar?

— De pouco — disse Poirot —, mas acho possível que ele tenha ouvido falar de um certo acidente. Deve ter sido um caso interessante, sabe? Deve haver registros do histórico do caso.

— Refere-se à irmã gêmea?

— Sim. Houve dois acidentes, até onde entendi, conectados a ela. Um quando ela era uma jovem mãe morando no interior, creio que em Hatters Green, e de novo quando ela estava na Malásia britânica. Em ambas as vezes, um acidente que resultou na morte de uma criança. Talvez eu descubra algo a respeito...

— Você quer dizer que, por serem gêmeas, Molly, minha amiga Molly, poderia também ter tido algum tipo de desordem mental? Não acredito nisso nem por um instante. Ela não era assim. Ela era afetuosa, amável, muito bonita, sentimental e... ah, uma pessoa extremamente gentil.

— Sim. Sim, pareceria ser. E uma pessoa muito feliz de forma geral, você diria?

— Sim. Ela era uma pessoa feliz. Uma pessoa *muito* feliz. Ah, sei que nunca mais a vi depois da juventude, é claro; ela morava no exterior. Mas sempre me parecia, nas raríssimas ocasiões em que eu recebia uma carta ou ia visitá-la, que ela era uma pessoa feliz.

— E a gêmea, você não chegou a conhecer direito?

— Não. Bem, eu creio que ela era... bom, francamente, eu acho que ela estava em algum tipo de instituição nas raras ocasiões em que eu vi Molly. Ela não compareceu ao casamento de Molly, nem mesmo como madrinha.

— Isso em si é muito estranho.

— Ainda não vejo o que você vai descobrir a partir disso.

— Só informações — disse Poirot.

Capítulo 14

Dr. Willoughby

Hercule Poirot saiu do táxi, pagou a viagem e deu uma gorjeta, verificou se o endereço em que chegara correspondia ao que estava anotado em seu caderninho, sacou cuidadosamente do bolso uma carta escrita para Dr. Willoughby, subiu os degraus até a casa e apertou a campainha. A porta foi aberta por um empregado. Ao ouvir o nome de Poirot, informou que Dr. Willoughby lhe esperava.

Ele foi guiado até um recinto pequeno e confortável com estantes de livros cobrindo as paredes, duas poltronas próximas à lareira e uma bandeja com taças e duas garrafas. Dr. Willoughby se levantou para cumprimentá-lo. Era um homem entre 50 e 60 anos de corpo fino e magro, testa alta, cabelo escuro e olhos cinzentos muito penetrantes. Ele cumprimentou-o com um aperto de mãos e gesticulou para que se sentasse. Poirot sacou a carta de seu bolso.

— Ah, sim.

O médico a pegou, abriu, leu e, deixando-a de lado, olhou para Poirot com algum interesse.

— Eu já ouvi — prosseguiu ele — do Superintendente Garroway e também, posso dizer, de um amigo meu no Ministério do Interior. Ambos me imploraram para fazer o que pudesse na questão que lhe interessa.

— É um favor bastante sério a se pedir, eu sei — disse Poirot —, mas há motivos que o tornam importante para mim.

— Importante depois de todos esses anos?

— Sim. É claro que entenderei perfeitamente se esses eventos em particular tiverem escapado de sua mente por completo.

— Não posso dizer que escaparam. Nutro interesse, como o senhor pode ter ouvido, em campos especiais de minha profissão, e venho nutrindo há anos.

— Seu pai, pelo que sei, foi uma autoridade deveras celebrada nesses campos.

— Sim, ele foi. Era um grande interesse de sua vida. Ele tinha muitas teorias, algumas das quais se provaram triunfantemente corretas e outras que se revelaram decepções. É, imagino eu, em um caso de problema mental que o senhor está interessado?

— Uma mulher. Seu nome era Dorothea Preston-Grey.

— Sim. Eu era bem jovem na época. Já me interessava pela linha de pensamento de meu pai, apesar de nossas teorias nem sempre concordarem. O trabalho dele foi muito interessante, assim como o trabalho que eu fiz em colaboração. Não sei qual seria seu interesse em particular em Dorothea Preston-Grey, como ela se chamava na época, ou Mrs. Jarrow depois.

— Ela era uma gêmea, pelo que soube — comentou Poirot.

— Sim. Esse era, naquela época, o campo particular de estudo de meu pai. Havia um projeto acontecendo na época, cujo objetivo era acompanhar a vida de pares selecionados de gêmeos idênticos. Gêmeos que foram criados em ambientes iguais e aqueles que, por diversas ocasiões da vida, foram criados em ambientes inteiramente diferentes. Para ver quão semelhantes permaneciam, quão semelhantes eram as coisas que lhes aconteciam. Duas irmãs, talvez, ou dois irmãos, que mal haviam passado qualquer momento da vida juntos, e ainda assim, de uma forma extraordinária, pareciam passar pelas mesmas coisas ao mesmo tempo. Foi tudo, de fato, extremamente interessante. No entanto, imagino que esse não seja seu interesse na questão.

162   · AGATHA CHRISTIE ·

— Não — disse Poirot —, a parte que me interessa é um caso, creio eu, de um acidente com uma criança.

— Isso mesmo. Foi em Surrey, acho. Sim, uma área muito agradável onde as pessoas moravam. Não ficava muito longe de Camberley, creio eu. Mrs. Jarrow era uma jovem viúva na época, com duas crianças pequenas. O marido falecera recentemente em um acidente. Ela estava, como resultado...

— Mentalmente perturbada? — perguntou Poirot.

— Não, não se julgava que estivesse. Estava profundamente chocada com a morte do marido e nutria um grande sentimento de perda, mas não se recuperava de forma muito satisfatória aos olhos de seu próprio médico. Ele não estava muito satisfeito com a evolução da paciente, que não parecia estar superando seu luto da forma que ele desejava. Parecia estar sofrendo reações bastante peculiares. De qualquer forma, ele queria uma consulta e chamou meu pai para dar sua opinião sobre o caso. Ele achou que a condição dela era interessante e ao mesmo tempo trazia perigos muito decisivos, e parecia pensar que seria melhor se ela fosse posta sob observação em alguma casa de repouso com cuidados mais particulares. Coisas desse tipo. Ainda mais depois que ocorreu o acidente com a criança. Ela tinha dois filhos, e, segundo o relato de Mrs. Jarrow, foi a filha mais velha, uma menina, quem atacou o menininho quatro ou cinco anos mais jovem que ela, atingindo-o com uma pá ou enxada, de forma que ele caiu em uma lagoa ornamental que havia no jardim e se afogou. Bem, essas coisas, como o senhor sabe, acontecem com muita frequência entre crianças. Às vezes uma é empurrada dentro de uma lagoa em um carrinho de bebê porque a mais velha, enciumada, pensa que "mamãe teria muito menos incômodos se o Edward ou Donald, ou qualquer que seja o nome, não estivesse mais aqui" ou "seria muito melhor para ela". Tudo é resultado de ciúme. No entanto, não parecia haver uma causa em particular ou evidência de ciúme nesse caso. A menina não havia se ressentido do nascimento do irmão. Por outro lado, Mrs. Jarrow não quisera o segundo filho. Apesar de o marido ter ficado contente com a gravidez, Mrs. Jarrow não a desejava. Contatara dois médicos com a ideia de um aborto, mas não conseguiu encontrar um que aceitasse realizar o que se tratava na época de uma operação ilegal. Foi dito por algum dos empregados, e também por um garoto que chegava à casa com um telegrama, que foi uma mulher quem atacou o menino, não a outra criança. Uma das empregadas afirmou com muita certeza que estava olhando pela janela e viu que foi a sua patroa. Ela disse: "Não acho que a pobrezinha tenha noção do que faz hoje em dia. Sabe, desde que o patrão faleceu, ela entrou num, ah, num tal estado como nunca antes." Bem, como falei, não sei exatamente o que o senhor quer saber a respeito do caso. Um veredito foi dado de acidente, um empurrou o outro etecetera, tratando-se portanto de um acidente muito infeliz. O caso ficou por isso mesmo, mas meu pai, quando consultado, e depois de uma conversa com Mrs. Jarrow e alguns exames, questionários, observações e perguntas empáticas a ela, teve bastante certeza de que a mulher fora a responsável pelo acontecido. Em sua opinião, seria aconselhável que ela fizesse tratamento mental.

— Mas seu pai *tinha* certeza de que *ela* fora a responsável?

— Sim. Meu pai acreditava em uma linha de tratamento muito popular na época. Segundo essa linha, depois de tratamento suficiente, que às vezes durava um longo tempo, um ano ou mais, as pessoas poderiam retomar uma vida normal, e seriam beneficiadas por isso. Elas poderiam ser devolvidas a uma vida caseira e, com uma quantidade adequada de atenção, tanto de médicos quanto de parentes, em geral próximos, que conviveriam com elas e poderiam observá-las levando uma vida normal, tudo ficaria bem. Tal abordagem, posso dizer, de fato alcançou o sucesso em muitos casos a princípio, porém, mais tarde, as coisas mudavam. Diversos casos tiveram resultados muito infelizes. Pacientes que pareciam estar curados e iam para suas casas e ambientes naturais, para uma família, um marido, mães e pais, acabavam tendo relapsos que, com muita frequência, levavam a tragédias ou quase tragédias. Um caso que desapontou meu pai amargamente, também muito relevante em sua opinião, foi o de uma mulher que voltou a morar com a mesma amiga de antes. Tudo parecia seguir alegremente, mas depois de cinco ou seis meses, ela chamou o médico com urgência, e quando ele chegou, ela disse: "Devo levá-lo para o andar de cima porque o senhor ficará furioso com o que fiz, e temo que precisará chamar a polícia. Sei o que deve acontecer. Mas veja, era minha incumbência fazer isso. Eu vi o Demônio olhando pelos olhos de Hilda. Eu vi o Demônio ali e soube o que devia fazer. Eu sabia que precisava matá-la." A outra estava caída morta numa cadeira, estrangulada, e depois de sua morte, seus olhos haviam sido atacados. A assassina morreu em um hospício com nenhum sentimento em relação a seu crime, exceto que tudo fora uma ordem necessária lançada sobre ela porque era seu dever destruir o Demônio.

Poirot balançou a cabeça com tristeza. O médico prosseguiu:

— Pois é. Bem, eu pensava que, de uma forma mais leve, Dorothea Preston-Grey sofria de algum tipo de desordem mental perigosa e que poderia apenas ser considerada uma pessoa inofensiva se vivesse sob supervisão. Isso geralmente não era aceito na época, devo dizer, e meu pai achava minha ideia extremamente desaconselhável. Depois de ser internada numa casa de repouso muito agradável, ela recebeu um tratamento muito adequado. E, de novo, depois de anos, pareceu estar completamente sã, deixou o local, viveu uma vida normal com uma enfermeira muito agradável mais ou menos encarregada dela, apesar de ser considerada uma empregada da patroa na residência. Ela passeou, fez amigos e em certo momento viajou para o exterior.

— Para a Malásia britânica — disse Poirot.

— Precisamente. Vejo que foi informado corretamente. Foi para a Malásia britânica ficar com a irmã gêmea.

— E lá outra tragédia ocorreu?

— Sim. O filho de um vizinho foi atacado. De início, acharam que fora uma ama, e depois, creio eu, suspeitaram de um dos empregados locais, um nativo. Mas então novamente pareceu não haver dúvida de que Mrs. Jarrow tinha, por um desses motivos mentais conhecidos apenas por ela, sido culpada pelo ataque. Não havia evidência definitiva, pelo que sei, que poderia ser apresentada contra ela. Acho que o general... esqueci o nome dele agora...

— Ravenscroft? — disse Poirot.

— Isso, isso, General Ravenscroft concordou em mandá-la de volta à Inglaterra a fim de passar por outro tratamento médico. Era isso que o senhor queria saber?

— Sim — confirmou Poirot. — Eu já ouvira essa história em parte, mas principalmente, devo admitir, por meio de rumores, que não são confiáveis. O que queria lhe perguntar era: esse caso aconteceu com gêmeos idênticos. E a outra gêmea? Margaret Preston-Grey. Mais tarde, esposa do General Ravenscroft. Seria provável que ela fosse afetada pela mesma doença?

— Nunca houve questão médica nela. Era perfeitamente sã. Meu pai se interessou, visitou-a uma ou duas vezes e conversou com ela, porque já havia visto com muita frequência casos de doenças ou perturbações mentais quase idênticas que acometem gêmeos idênticos que começaram a vida muito devotados um ao outro.

— Apenas "começaram a vida", o senhor disse?

— Sim. Em certas ocasiões, um estado de animosidade pode surgir entre gêmeos idênticos. Em geral, segue um padrão de forte amor protetor um pelo outro, mas pode degenerar em algo próximo ao ódio se houver algum desgaste emocional que possa agir como gatilho ou despertar tal sentimento, ou qualquer crise emocional que cause animosidade entre duas irmãs.

"Creio que poderia ter sido esse o caso. General Ravenscroft, enquanto jovem subalterno ou capitão ou o que quer que fosse, se apaixonou profundamente, creio eu, por Dorothea Preston-Grey, que era uma moça belíssima. Na verdade, a mais bela das duas... Ela também se apaixonou por ele. Ainda não estavam noivos oficialmente quando o General Ravenscroft transferiu seus afetos para a outra irmã, Margaret. Ou Molly, como era chamada. Ele se apaixonou por ela e pediu-a em casamento. Ela correspondeu seu afeto e eles se casaram logo depois que sua carreira permitiu. Meu pai não tinha dúvida de que a outra gêmea, Dolly, ficara amargamente enciumada com o casamento da irmã e que continuou apaixonada por Alistair Ravenscroft e ressentida de seu casamento. No entanto, ela acabou superando o acontecido e se casando com outro homem no devido tempo... Um casamento absolutamente feliz, parecia, e mais tarde ela passou a visitar os Ravenscroft, não apenas naquela ocasião na Malásia britânica como posteriormente, quando estavam acomodados em outra estação no exterior, e depois que voltaram para casa. Àquela altura, ela estava aparentemente curada de novo, não apresentava mais nenhum estado de abatimento mental e morava com uma enfermeira-acompanhante bastante confiável e equipes de funcionários. Eu acredito, ou assim meu pai sempre me dissera, que Lady Ravenscroft, Molly, permaneceu muito devotada à irmã. Ela era muito protetora e a amava profundamente. Com frequência, creio, queria ver a irmã mais do que conseguia, mas General Ravenscroft não gostava tanto da ideia. Creio que seria possível que a levemente desequilibrada Dolly, Mrs. Jarrow, continuasse a nutrir uma ligação muito forte com General Ravenscroft, o que devia criar uma situação embaraçosa e difícil para ele, apesar de eu acreditar que a esposa estava bem convencida de que a irmã superara qualquer sentimento de ciúmes ou raiva."

— Soube que Mrs. Jarrow estava hospedada com os Ravenscroft cerca de três semanas antes do trágico suicídio acontecer.

— Sim, isso é verdade. A própria morte trágica dela aconteceu naquela época. Dolly, com bastante frequência, tinha ataques de sonambulismo. Uma noite, ela saiu andando enquanto dormia e sofreu um acidente, caiu de um penhasco ao qual uma trilha desativada parecia levar. Foi encontrada no dia seguinte, e creio que morreu no hospital sem recuperar consciência. A irmã, Molly, ficou extremamente perturbada e amargamente infeliz com a notícia, mas na minha opinião, que o senhor provavelmente quer saber, isso não pode ser, de forma alguma, o que levou ao suicídio subsequente do casal que vivia junto com tanta alegria. O luto pela morte de uma irmã ou uma cunhada dificilmente levaria alguém a cometer suicídio. Muito menos um suicídio duplo.

— A não ser, é claro — sugeriu Hercule Poirot —, que Margaret Ravenscroft tenha sido responsável pela morte da irmã.

— Deus do céu! — exclamou Dr. Willoughby. — O senhor com certeza não está sugerindo...

— Que foi Margaret quem seguiu a irmã sonâmbula, e que foi a mão de Margaret que empurrou Dorothea da beira do precipício?

— Eu me nego em absoluto — disse dr. Willoughby — a aceitar tal ideia.

— Com pessoas — respondeu Hercule Poirot —, nunca se sabe.

Capítulo 15

Eugene e Rosentelle, Cabeleireiros e Esteticistas

Mrs. Oliver olhou para Cheltenham com aprovação. Por acaso, nunca estivera em Cheltenham antes. Que agradável, disse Mrs. Oliver para si mesma, ver casas que de fato se parecem com casas, casas apropriadas.

Voltando-se para os anos de sua juventude, ela se lembrou de que conhecera pessoas, ou ao menos seus parentes, suas tias, haviam conhecido pessoas que moraram em Cheltenham. Aposentados, em geral. Exército ou Marinha. Era o tipo de lugar, pensou ela, no qual alguém gostaria de morar se houvesse passado um bom tempo no exterior. Passava uma sensação de segurança inglesa, bom gosto e bate-papo e conversa agradáveis.

Depois de passar por uma ou duas charmosas lojas de antiguidades, ela descobriu o caminho para onde queria ir — ou melhor, para onde Hercule Poirot queria que ela fosse. Era um salão de beleza chamado *The Rose Green Hairdressing Saloons*. Ela entrou e olhou ao redor. Quatro ou cinco pessoas estavam recebendo tratamento nos cabelos. Uma jovem atarracada deixou um cliente e se aproximou com um ar indagador.

— Mrs. Rosentelle? — disse Mrs. Oliver, baixando o olhar para o cartão. — Pelo que entendi, ela disse que poderia me ver se eu viesse aqui hoje pela manhã. Não estou falando de — acrescentou — fazer qualquer coisa com meu cabelo, mas sim consultá-la a respeito de algo, e creio que uma chamada telefônica foi feita e ela informou que, se eu viesse às 11h30, ela poderia reservar um tempinho para mim.

— Ah, sim — respondeu a garota. — Creio que madame está esperando alguém.

Ela a guiou por um corredor que descia um pequeno lance de escadas e empurrou uma porta vaivém ao final. Do salão de beleza, elas haviam passado ao que obviamente tratava-se da casa de Mrs. Rosentelle. A garota atarracada bateu na porta e disse, enfiando o nariz para dentro:

— A dama para vê-la. — Então perguntou, com certo nervosismo: — Como é seu nome mesmo?

— Mrs. Oliver.

Ela entrou. O lugar passava uma leve impressão de ser outra sala de exposição. Havia cortinas de fino tecido rosado e rosas no papel de parede, e Mrs. Rosentelle, uma mulher que Mrs. Oliver julgou ser de sua própria idade ou possivelmente uns bons anos mais velha, estava acabando o que obviamente tratava-se de uma xícara de café matinal.

— Mrs. Rosentelle? — disse Mrs. Oliver.

— Sim?

— A senhora estava esperando por mim?

— Ah, sim. Eu não havia entendido bem o que era a história toda. As linhas de telefone são tão ruins. Mas não tem problema algum, eu tenho uma meia hora de sobra. Gostaria de um café?

— Não, obrigada — respondeu Mrs. Oliver. — Não vou prendê-la mais tempo do que preciso. É apenas algo que quero lhe perguntar, de que a senhora talvez se lembre. Teve uma carreira bastante longa, pelo que entendo, como cabeleireira.

— Ah, sim. Fico bastante grata de passar o negócio para as garotas agora. Eu mesma não faço nada esses dias.

— Talvez ainda aconselhe pessoas?

— Sim, isso eu faço. — Mrs. Rosentelle sorriu.

Ela tinha um rosto inteligente e gentil e cabelo castanho penteado, com algumas mechas grisalhas levemente interessantes aqui e ali.

— Não tenho muita certeza do que se trata.

— Bem, na verdade, eu gostaria de fazer uma pergunta, bem, suponho que de certa forma a respeito de perucas em geral.

— Não trabalhamos tanto com perucas agora quanto antigamente.

— Vocês tinham um negócio em Londres, não?

— Sim. Primeiro na Bond Street, então passamos para a Sloane Street mas é muito bom morar no interior no final das contas, sabe? Ah, sim, eu e meu marido estamos muito contentes aqui. Temos um negócio pequeno, mas não investimos tanto em perucas hoje em dia — contou ela —, apesar de meu marido oferecer aconselhamento e desenhar perucas para homens carecas. Realmente faz muita diferença, sabe, para muitas pessoas em sua área de trabalho não parecerem velhas demais, e com frequência ajuda a conseguir um emprego.

— Consigo imaginar bem isso — disse Mrs. Oliver.

Por puro nervosismo, ela disse mais algumas frases típicas de conversas banais e se perguntou quando entraria no assunto. Ficou surpresa quando Mrs. Rosentelle se inclinou para a frente e perguntou, de súbito:

— A senhora é Ariadne Oliver, não é? A escritora?

— Sim — disse Mrs. Oliver, com a expressão levemente envergonhada que costumava assumir ao falar essa frase habitual: — Na verdade, sim, escrevo livros.

— Gosto muito de seus livros. Li muitos deles. Ah, mas que agradável. Agora, diga-me de que forma posso ajudá-la.

— Bem, eu queria falar sobre perucas e sobre algo que aconteceu há muitos anos e do qual a senhora provavelmente não lembra nada.

— Bem, eu me pergunto... refere-se a modas de anos atrás?

— Não exatamente. É uma mulher, uma amiga minha... Na verdade, fui colega de escola dela, então ela se casou e foi para a Malásia britânica e voltou para a Inglaterra, e houve uma tragédia, e uma das coisas que penso que as pessoas acharam surpreendentes depois foi a quantidade de perucas que ela tinha. Creio que todas tinham sido fornecidas por você, ou melhor, por sua empresa.

— Ah, uma tragédia. Qual era o nome dela?

— Bem, quando eu a conheci ela se chamava Preston-Grey, mas depois virou Ravenscroft.

— Ah. Ah, sim, essa. Sim, eu me lembro de Lady Ravenscroft. Eu me lembro dela muito bem. Ela era tão gentil e realmente muito, muito bonita. Sim, o marido era um coronel ou um general ou algo assim e eles haviam se aposentado e moravam em, ah, eu me esqueci de que região agora...

— E houve o que se supôs ser um suicídio duplo — afirmou Mrs. Oliver.

— Sim. Sim, eu me lembro de ler a respeito e dizer: "Ora, essa é a nossa Lady Ravenscroft", então vi uma foto deles dois no jornal e constatei que era ela mesmo. É claro, eu nunca o vira, mas era ela, sim. Pareceu-me tão triste, tão lamentável. Ouvi que eles descobriram que ela estava com câncer e não podiam fazer nada a respeito, então isso aconteceu. Mas eu nunca soube de nenhum detalhe, nem nada assim.

— Não — disse Mrs. Oliver.

— Mas o que a senhora acha que posso lhe contar?

— Você fornecia suas perucas, e eu soube que os investigadores, imagino que a polícia, acharam que quatro perucas era um número grande para se ter, mas talvez as pessoas de fato tivessem quatro perucas por vez?

— Bem, acho que a maioria das pessoas tinha ao menos duas — explicou Mrs. Rosentelle. — Sabe, uma para mandar para reparos, digamos assim, e a outra que usavam no meio-tempo.

— A senhora se lembra de Lady Ravenscroft encomendando duas perucas a mais?

— Ela não veio pessoalmente. Creio que estivesse doente no hospital ou algo assim, e mandou uma moça francesa em seu lugar. Acho que era acompanhante dela ou algo assim. Muito gentil. Falava inglês com perfeição. E explicou tudo a respeito das perucas a mais que ela queria, tamanhos e cores e estilos, e as encomendou. Sim. É impressionante que eu me lembre. Imagino que eu não lembraria se não fosse pelo fato de que... ah, deve ter sido um mês depois... um mês, talvez mais, seis semanas... que eu li sobre o suicídio, sabe? Temo que lhe deram as más notícias no hospital ou onde quer que ela estivesse, e então ela simplesmente não conseguiu mais encarar a vida, e o marido sentiu que não conseguia viver sem ela.

Mrs. Oliver balançou a cabeça com tristeza... e seguiu com suas perguntas:

— Eram tipos diferentes de perucas, imagino.

— Sim, tinha uma com uma bela mecha grisalha, então uma para festas e uma para usar à noite, e outra curta e cacheada. Muito bonita, que se podia usar sob um chapéu sem desarrumar. Achei uma pena não ver Lady Ravenscroft de novo. Além da doença, ela andava muito infeliz com a morte recente de uma irmã. Uma irmã gêmea.

— Sim, gêmeos são muito devotados, não são? — comentou Mrs. Oliver.

— Ela sempre pareceu uma mulher tão feliz antes disso — disse Mrs. Rosentelle.

Ambas as mulheres suspiraram. Mrs. Oliver mudou de assunto.

— Acha que uma peruca me seria útil? — perguntou ela.

A especialista estendeu a mão e a pousou de forma especulativa na cabeça de Mrs. Oliver.

— Eu não aconselharia, a senhora tem uma bela cabeleira... ainda muito cheia. Eu imagino — um sorriso fraco surgiu em seus lábios — que goste de variar os estilos?

— Que esperto da sua parte saber isso. É bem verdade, eu gosto de experimentar... É muito divertido.

— A senhora gosta da vida como um todo, não?

— Sim, gosto. Imagino que seja esse sentimento de que nunca se sabe o que vai acontecer em seguida.

— Ainda assim, esse sentimento — disse Mrs. Rosentelle — é exatamente o que faz tantas pessoas nunca pararem de se preocupar!

Capítulo 16

Mr. Goby se reporta

Mr. Goby entrou no recinto e se sentou, conforme indicado por Poirot, em sua cadeira de costume. Ele espiou ao redor antes de escolher a que item de mobília ou parte do cômodo iria se dirigir. Ele se decidiu, como frequentemente acontecia, pela lareira elétrica, desligada nesta época do ano. Até onde se sabia, Mr. Goby nunca se dirigia de forma direta ao ser humano para quem trabalhava. Ele sempre escolhia a cornija, um radiador, um aparelho televisor, um relógio, às vezes um carpete ou tapete. De uma pasta, ele sacou alguns papéis.

— Bem — disse Hercule Poirot —, você tem algo para mim?

— Coletei diversos detalhes — respondeu Mr. Goby.

Mr. Goby era celebrado por toda Londres, talvez por toda Inglaterra e até além, como um grande fornecedor de informação. Como ele executava esses milagres ninguém realmente sabia. Ele empregava uma equipe enxuta. Às vezes reclamava que suas pernas, como de vez em quando chamava os membros da equipe, não andavam boas como de costume. Mas seus resultados ainda conseguiam surpreender quem o contratasse.

— Mrs. Burton-Cox — disse ele, anunciando o nome como se fosse o diretor da igreja local tentando ler escrituras.

Ele poderia muito bem estar dizendo: "Livro de Isaías, capítulo quatro, versículo três."

— Mrs. Burton-Cox — repetiu ele. — Casou-se com Mr. Cecil Aldbury, fabricante de botões em larga escala. Rico. Entrou na política, foi membro do parlamento de Little Stansmere. Mr. Cecil Aldbury morreu em um acidente de carro quatro anos depois do casamento. O único filho do casal morreu em um acidente logo depois. A propriedade de Mr. Aldbury foi herdada pela esposa, mas não tanto quanto era esperado, já que a empresa não andava muito bem nos últimos anos. Mr. Aldbury também deixou uma quantia considerável de dinheiro para uma tal de Miss Kathleen Fenn, com quem parecia manter relações íntimas sem o conhecimento de sua esposa. Mrs. Burton-Cox seguiu sua carreira política. Cerca de três anos depois, adotou um menino que nascera de Miss Kathleen Fenn. Miss Kathleen Fenn insistia que o menino era o filho do falecido Mr. Aldbury. Isso, pelo que descobri em minhas investigações, é levemente difícil de aceitar — continuou Mr. Goby. — Miss Fenn tivera muitos relacionamentos, em geral com cavalheiros de muitos meios financeiros e disposições generosas, mas, no fim das contas, tantas pessoas têm seu preço, não? Temo que essa seja uma conta bastante onerosa que precisarei lhe enviar.

— Continue — pediu Hercule Poirot.

— Mrs. Aldbury, como ela se chamava na época, concordou em adotar a criança. Pouco tempo depois, casou-se com Major Burton-Cox. Miss Kathleen Fenn se tornou, posso dizer, uma atriz e cantora bastante bem-sucedida e ganhou uma bela quantia de dinheiro. Então escreveu para Mrs. Burton-Cox dizendo que estaria disposta a pegar a criança adotada de volta. Mrs. Burton-Cox recusou. Ela vinha vivendo com bastante conforto desde que, pelo que entendi, Major Burton-Cox foi morto na Malásia britânica. Ele a deixou moderadamente bem. Uma informação extra que obtive é de que Miss Kathleen Fenn, que morreu há pouquíssimo tempo, acho que dezoito meses, deixou um testamento onde consta que sua fortuna inteira, que àquela altura totalizava uma soma considerável, foi deixada para seu filho biológico, Desmond, o qual presentemente se encontra sob o nome de Desmond Burton-Cox.

— Muito generoso — comentou Poirot. — De que faleceu Miss Fenn?

— Meu informante me disse que contraiu leucemia.

— E o garoto herdou o dinheiro da mãe?

— Foi deixado em um fundo para que ele o recebesse aos 25 anos.

— Então ele se tornará independente, terá uma fortuna substancial? E Mrs. Burton-Cox?

— Não foi muito feliz em seus investimentos, pelo visto. Ela tem o suficiente para se sustentar, mas não muito mais.

— E o garoto Desmond escreveu um testamento? — perguntou Poirot.

— Isso — disse Mr. Goby —, temo ainda não saber. Mas tenho certos meios de descobrir. Se o fizer, passarei a informação ao senhor na mesma hora.

Mr. Goby partiu com uma reverência distraída para a lareira elétrica.

Cerca de uma hora e meia depois, o telefone tocou.

Hercule Poirot, com uma folha de papel na sua frente, estivera fazendo anotações. De vez em quando franzia a testa, torcia os bigodes, riscava algo e reescrevia, então prosseguia. Quando o telefone tocou, ele pegou o fone e ouviu.

— Obrigado — falou. — Isso foi rápido. Sim, sim, fico grato. Eu realmente não sei como você consegue essas coisas às vezes... Sim, isso estabelece a posição com clareza. Esclarece algo que não fazia sentido antes... Sim... Pelo que entendi... Sim, estou ouvindo... Você está bastante certo de que esse *é* o caso. Ele sabe que é adotado, mas nunca soube quem era a mãe verdadeira... sim. Sim, entendo. Muito bem. Você vai esclarecer esse outro aspecto também? Obrigado.

Ele devolveu o telefone ao gancho e voltou a escrever. Em meia hora, o telefone tocou outra vez. Outra vez, ele atendeu.

· ELEFANTES NUNCA ESQUECEM ·

177

— Voltei de Cheltenham — disse uma voz que Poirot não teve dificuldade em reconhecer.

— Ah, *chère madame*, já voltou? E viu Mrs. Rosentelle?

— Sim. Ela é gentil. Muito gentil. E você tinha bastante razão, sabe, ela *é* outro elefante.

— Como assim, *chère madame*?

— Como assim que ela se lembrava de Molly Ravenscroft.

— E se lembrava das perucas?

— Sim.

Ela fez um breve resumo do que a cabeleireira aposentada lhe contara.

— Sim — disse Poirot —, isso faz sentido. É exatamente o que o Superintendente Garroway comentou comigo. As quatro perucas que a polícia encontrou. Uma cacheada, outra arrumada para a noite e duas mais simples. Quatro.

— Então, eu só lhe contei o que você já sabia?

— Não, você me contou algo mais. Ela disse... Isso é precisamente o que acabou de me contar, não é? Que Lady Ravenscroft quis duas perucas para acrescentar às duas que já tinha, e que isso ocorreu cerca de três ou seis semanas antes do suicídio. Sim, isso é interessante, não é?

— É muito natural — disse Mrs. Oliver. — Quer dizer, você sabe que as pessoas, mulheres, quero dizer, podem causar danos terríveis às coisas. A cabelos falsos e coisas desse tipo. Se não pode ser reconstruída e limpa, se foi queimada ou manchada, ou se foi tingida com a tinta errada ou algo assim... bem, então, é claro que você precisa comprar duas perucas novas ou alternativas ou o que quer que sejam. Eu não entendo sua empolgação.

— Não exatamente empolgação — respondeu Poirot —, não. Esse é um aspecto, mas a informação mais interessante foi a que você acabou de me passar. Foi uma dama francesa, não foi, quem levou as perucas para serem copiadas ou combinadas?

— Sim. Pelo que entendi, algum tipo de acompanhante ou algo assim. Lady Ravenscroft estivera no hospital ou em uma casa de repouso e não estava em boa saúde e não pôde ir ela mesma escolher nem nada desse tipo.

— Entendo.

— Então sua acompanhante francesa foi no lugar.

— Você sabe o nome da acompanhante, por acaso?

— Não. Não acho que Mrs. Rosentelle tenha chegado a mencionar. Na verdade, não creio que ela soubesse. O horário foi marcado por Lady Ravenscroft, e a moça ou mulher francesa apenas trouxe as perucas para medir e comparar, suponho.

— Bem — disse Poirot —, isso me ajuda a chegar ao próximo passo que estou prestes a dar.

— O que *você* descobriu? — perguntou Mrs. Oliver. — Você fez *alguma coisa*?

— Você é sempre tão cética. Sempre imagina que não faço nada, que me sento numa cadeira e repouso.

— Bem, eu acho que você se senta numa cadeira e pensa — admitiu Mrs. Oliver —, mas concordo muito que, com frequência, você não sai para fazer coisas.

— No futuro próximo, creio que eu possivelmente saia para fazer coisas — afirmou Hercule Poirot —, e isso lhe agradará. Posso até mesmo atravessar o Canal, apesar de que com certeza não de barco. Acho que um avião é o mais indicado.

— Ah. Quer que eu vá junto?

— Não — disse Poirot —, imagino que seria melhor se eu fosse sozinho nessa ocasião.

— Você de fato *irá*?

— Ah, sim, irei. Vou sair correndo, cheio de energia, e você ficará contente comigo, madame.

Depois de desligar, ele discou outro número que havia anotado em seu caderninho. De imediato, foi conectado à pessoa com quem queria falar.

— Meu caro Superintendente Garroway, quem lhe fala é Hercule Poirot. Não estou o perturbando demais? Você não está muito ocupado no momento?

— Não, não estou ocupado — disse o Superintendente Garroway. — Estou podando minhas rosas, só isso.

— Há alguma coisa que quero perguntar. Uma coisinha pequena.

— A respeito de nosso problema do suicídio duplo?

— Sim, a respeito de nosso problema. Você disse que havia um cão na casa. Você disse que o cão saía para caminhar com a família, ou assim você entendia.

— Sim, houve alguma menção a um cão. Creio que deve ter sido ou a governanta ou alguém que disse que eles foram caminhar com o cachorro como de costume naquele dia.

— Ao examinar o corpo, havia algum sinal de que Lady Ravenscroft fora mordida por um cão? Não necessariamente num momento muito recente, nem naquele dia em particular.

— Bem, é estranho que tenha mencionado isso. Não posso dizer que eu teria me lembrado se você não tivesse mencionado tal fato. Mas, sim, havia algumas cicatrizes. Não muito fundas. Mas, de fato, a governanta comentou que o cão havia atacado sua senhora mais de uma vez e a mordido, apesar de não muito forte. Olhe aqui, Poirot, não tinha raiva circulando, se é isso que está pensando. Não pode ter sido nada desse tipo. Afinal, ela foi morta com um tiro… Os dois foram. Não houve dúvida de choque séptico ou risco de tétano.

— Não culpo o cão — disse Poirot —, era só algo que eu queria saber.

— Uma das mordidas era bem recente, de cerca de uma semana antes, acho, ou duas. Não foram necessárias injeções nem nada desse tipo. Havia sarado muito bem. Como é aquela passagem? — prosseguiu o Superintendente Garroway. — "O homem se recuperou da mordida. Foi o cão que morreu." Não consigo me lembrar de onde vem…

— De qualquer forma, não foi o cão que morreu — disse Poirot. — Não foi esse o objetivo da minha pergunta. Eu gostaria de ter conhecido aquele cão. Talvez fosse muito inteligente.

Depois de agradecer e devolver o telefone ao gancho, o detetive murmurou:

— Um cão inteligente. Talvez mais inteligente do que a própria polícia.

Capítulo 17

Poirot anuncia sua partida

Miss Livingstone anunciou o convidado:

— Mr. Hercules Porrett.

Assim que a empregada deixou o recinto, Poirot fechou a porta e se sentou ao lado da amiga, Mrs. Ariadne Oliver. Ele disse, baixando um pouco a voz:

— Estou partindo.

— Está o quê? — perguntou Mrs. Oliver, que sempre se surpreendia um pouco com os métodos de Poirot para passar informação.

— Estou partindo. Indo embora. Tomarei um avião para Genebra.

— Você soou como um porta-voz da ONU ou da Unesco ou algo assim.

— Não. É só uma viagem particular.

— Tem um elefante em Genebra?

— Bem, imagino que se possa olhar dessa forma. Talvez dois.

— Não descobri nada mais — admitiu Mrs. Oliver. — Na verdade, não sei quem mais posso buscar para descobrir mais.

— Creio que você tenha mencionado, ou alguém, que sua afilhada, Celia Ravenscroft, tem um irmão mais novo.

— Sim. Ele se chama Edward, acho. Eu mal o vi na vida. Busquei-o na escola uma ou duas vezes, pelo que lembro. Mas isso faz anos.

— Onde ele está agora?

— Está na universidade, no Canadá, creio. Ou fazendo algum curso de engenharia lá. Você quer ir lhe perguntar coisas?

— Não, não agora. Eu só gostaria de saber onde ele está. Mas entendo que ele não estava na casa quando o suicídio ocorreu?

— Você não está pensando... você não está sequer considerando que *ele* cometeu o crime, está? Quero dizer, atirou no pai e na mãe, os dois. Sei que garotos fazem isso às vezes. São muito estranhos quando estão numa idade esquisita.

— Ele não estava na casa — afirmou Poirot. — Disso eu já sei pelos relatos da polícia.

— Você descobriu mais alguma coisa interessante? Parece bem empolgado.

— Estou empolgado, de certa forma. Descobri coisas que poderiam lançar luz ao que já sabemos.

— Bem, o que lança luzes no quê?

— Parece possível agora que eu entenda por que Mrs. Burton-Cox abordou você daquela forma e tentou fazer com que obtivesse informação para ela a respeito do suicídio dos Ravenscroft.

— Quer dizer que ela não estava apenas sendo uma enxerida?

— Não. Acho que havia algum motivo por trás. É aqui, talvez, que o dinheiro entre.

— Dinheiro? O que dinheiro tem a ver com isso? Ela está muito bem de vida, não está?

— Ela tem o suficiente para viver, sim. Mas parece que seu filho adotivo, que ela vê aparentemente como filho verdadeiro, sabe que foi adotado, apesar de não saber nada a respeito da família original. Parece que, quando chegou à maioridade, escreveu um testamento, possivelmente a pedido da mãe adotiva. Talvez tenha sido apenas sugerido a ele por algumas amigas dela ou por algum advogado que ela consultara. De qualquer forma, ao chegar à maioridade, ele talvez tenha sentido que poderia muito bem deixar tudo para ela, a mãe adotiva. Presumivelmente, naquela época ele não tinha mais ninguém para quem deixar.

— Não vejo como isso leva a querer notícias sobre um suicídio.

— Não vê? Ela queria desencorajar o casamento. Se o jovem Desmond tivesse uma namorada, se a pedisse em casamento em um futuro próximo, que é o caso com muitos jovens hoje em dia, eles não esperam ou pensam muito a respeito. Nesse caso, Mrs. Burton-Cox não herdaria o dinheiro que ele deixasse, já que o casamento invalidaria qualquer testamento anterior e, presumivelmente, se ele de fato se casasse com a garota, ele faria um novo testamento deixando tudo para ela e não para a mãe adotiva.

— E você quer dizer que Mrs. Burton-Cox não queria isso?

— Ela queria descobrir algo que o desencorajasse a se casar com a garota. Acho que nutria esperanças, e provavelmente acreditava nisso até onde podia, de que a mãe de Celia houvesse matado o marido e depois se matado. Esse é o tipo de coisa que poderia desencorajar um garoto. Mesmo se o pai tivesse matado a mãe, ainda é uma ideia desanimadora. Poderia facilmente influenciar ou criar ideias desfavoráveis em um garoto dessa idade.

— Quer dizer que, se ele pensasse que se o pai ou a mãe dela fosse um assassino, a garota poderia ter tendências homicidas?

— Não com essa crueza, mas essa poderia ser a ideia central, a meu ver.

— Mas ele não era rico, era? Um filho adotivo.

— Ele não sabia o nome da mãe verdadeira ou quem ela era, mas parece que a mãe dele, que era uma atriz e cantora que conseguiu ganhar um bom dinheiro antes de adoecer e morrer, quis em dado momento pegar o filho de volta, e como Mrs. Burton-Cox não foi de acordo, eu imagino que ela tenha pensado muito no menino e decidido deixar o dinheiro para ele. Ao completar 25 anos, ele herdará esse dinheiro, que até lá fica em uma poupança. Então é claro que Mrs. Burton-Cox não quer que ele se case, ou apenas se case com alguém que ela de fato aprove ou sobre quem possa ter influência.

— Sim, isso parece fazer sentido. Mas ela não é uma mulher muito decente, é?

— Não — disse Poirot. — Não julguei que fosse.

— E era por isso que ela não queria que você revirasse as coisas e descobrisse suas intenções.

— Possivelmente — respondeu Poirot.

— Descobriu mais alguma coisa?

— Sim, eu descobri... há apenas algumas horas, na verdade. O Superintendente Garroway me ligou para algumas outras questões menores, mas eu aproveitei para perguntar, e ele me contou que a governanta, que era muito idosa, enxergava muito mal.

— E isso entra em algum lugar?

— Poderia entrar — disse Poirot. Ele olhou para seu relógio. — Creio que seja minha hora de partir.

— Você está a caminho do aeroporto?

— Não. Meu avião só sai amanhã de manhã. Mas tem outro lugar que preciso visitar hoje... um lugar que quero ver com meus próprios olhos. Tem um carro esperando ali fora para me levar.

— O que você quer ver? — perguntou Mrs. Oliver com alguma curiosidade.

— Não tanto *ver*, mas *sentir*. Sim, essa é a palavra certa... Sentir e identificar qual será o sentimento.

Capítulo 18

Interlúdio

Hercule Poirot passou pelo portão do adro. Seguiu por uma das rotas e, pouco tempo depois, parou em frente a um muro cheio de musgo e baixou os olhos para um túmulo. Ele ficou ali por alguns minutos olhando primeiro para o túmulo, então para os South Downs e o oceano além. Então voltou a baixar os olhos. Flores haviam sido colocadas recentemente no túmulo. Um pequeno buquê de florezinhas do campo amontoadas, o tipo de buquê que poderia ter sido deixado por uma criança, mas Poirot não pensava que fora uma criança que os deixara. Ele leu a escritura no túmulo:

Em memória de
DOROTHEA JARROW
Falecida em 15 set 1960

E também de
MARGARET RAVENSCROFT
Falecida em 3 out 1960
Irmã da primeira

E também de
ALISTAIR RAVENSCROFT
Falecido em 3 out 1960
Seu marido

Em sua morte, não foram separados

Perdoai nossas ofensas
Assim como nós perdoamos aqueles que nos têm ofendido
Senhor, tende piedade de nós
Cristo, tende piedade de nós
Senhor, tende piedade de nós

Poirot ficou parado ali por um momento ou dois. Assentiu uma ou duas vezes. Então deixou o adro e caminhou por uma trilha que levava ao penhasco e seguia ao longo dele. Logo parou de novo e olhou para o oceano. Falou consigo mesmo.

— Tenho certeza agora de que sei o que houve e por quê. Entendo como é lamentável e trágico. Há de se voltar tanto. *Em meu final, fica meu começo*, ou é preciso colocar de outra forma? "Em meu começo, ficava meu final trágico?" A garota suíça deve ter sabido... mas será que vai me contar? O garoto acredita que sim. Pelo bem deles... da garota e do garoto. Eles não podem aceitar a vida se não souberem.

Capítulo 19

Maddy e Zélie

— Mademoiselle Rouselle? — disse Hercule Poirot, fazendo uma mesura.

Mademoiselle Rouselle estendeu a mão. Cerca de 50 anos, pensou Poirot. Uma mulher bastante imperiosa. Sempre conseguia o que queria. Inteligente, intelectual, satisfeita, ele achava, com a vida que tivera, aproveitando os prazeres e sofrendo as penas que a existência traz.

— Já ouvi seu nome — falou ela. — O senhor tem amigos, sabe, tanto nesse país quanto na França. Não sei exatamente como posso ajudá-lo. Ah, sei que explicou na carta. É uma questão do passado, não? Coisas que aconteceram. Não exatamente coisas que aconteceram, mas a pista para coisas que aconteceram muitos, muitos anos atrás. Mas sente-se. Sim, sim, esta poltrona é bastante confortável, espero. Há alguns *petit-fours* e a garrafa está na mesa.

Ela era tranquilamente hospitaleira sem urgência alguma. Era despreocupada, mas amigável.

— Houve uma época em que trabalhou como tutora para uma certa família — começou Poirot. — Os Preston-Grey. Talvez agora mal se lembre deles.

— Ah, sim, a gente não esquece, sabe, de coisas que acontecem quando se é jovem. Havia uma menina e um menino uns quatro ou cinco anos mais novo. Eram boas crianças. O pai se tornou general no Exército.

— Também havia outra irmã.

— Ah, sim, eu me lembro. Ela não estava lá assim que cheguei. Acho que era frágil. Não tinha boa saúde. Estava recebendo tratamento em algum lugar.

— A senhorita se lembra dos primeiros nomes?

— Margaret, creio que era uma. A outra eu não tenho certeza a essa altura.

— Dorothea.

— Ah, sim. Um nome que não ouço com frequência. Mas elas se chamavam por apelidos. Molly e Dolly. Eram gêmeas idênticas, sabe, notavelmente parecidas. Ambas moças muito bonitas.

— E gostavam uma da outra?

— Sim, eram devotadas. Mas nós estamos, não estamos, nos confundindo um pouco? Preston-Grey não é o sobrenome das crianças que fui lecionar. Dorothea Preston-Grey se casou com um major... ah, não consigo lembrar do nome agora. Arrow? Não, Jarrow. O nome de casada de Margaret era...

— Ravenscroft — disse Poirot.

— Ah, sim. Isso. Curioso como a gente não se lembra de nomes. Os Preston-Grey são de uma geração anterior. Margaret Preston-Grey estivera num *pensionnat* desse lado do mundo, e depois de se casar, escreveu para Madame Benoît, diretora do internato, perguntando se ela conhecia alguém que poderia trabalhar como tutora para seus filhos. Foi assim que acabei lá. Falo apenas da outra irmã porque era ela quem estava presente durante parte da minha estadia em serviço com os filhos. Um deles era uma menina, creio que de uns 6 ou 7 anos com um nome tirado de Shakespeare. Acho que Rosalind ou Celia.

— Celia — disse Poirot.

— E o menino tinha só 3 ou 4 anos. Chamava-se Edward. Uma criança arteira, mas amável. Fui feliz com eles.

— E eles também, pelo que ouço. Gostavam de brincar com a senhorita, que era muito boa em brincar com eles.

— *Moi, j'aime les enfants* — disse Mademoiselle Rouselle.

— Chamavam-na de "Maddy", pelo que soube.

Ela riu.

— Ah, eu gosto de ouvir essa palavra. Traz memórias.

— Conheceu um menino chamado Desmond? Desmond Burton-Cox?

— Ah, sim. Ele morava, creio eu, numa casa ao lado ou quase ao lado. Tínhamos diversos vizinhos, e as crianças com frequência vinham brincar junto. Ele se chamava Desmond. Sim, eu me lembro.

— Ficou lá muito tempo, mademoiselle?

— Não. Fiquei por apenas três ou quatro anos, no máximo. Então fui convocada de volta para cá. Minha mãe estava muito doente. Era uma questão de voltar e cuidar dela, apesar de eu saber que talvez não por muito tempo. E foi o caso. Ela morreu um ano e meio, no máximo dois, depois de minha volta. Então abri um pequeno *pensionnat* por aqui, recebendo garotas mais velhas que queriam estudar idiomas ou outras coisas. Não visitei a Inglaterra de novo, apesar de ter mantido contato com o país por um ano ou dois. As duas crianças costumavam me mandar um cartão no Natal.

— O General Ravenscroft e sua esposa lhe pareciam um casal feliz?

— Muito feliz. Gostavam dos filhos.

— Eles se davam bem um com o outro?

— Sim, eles me pareciam ter todas as qualidades necessárias para um casamento bem-sucedido.

— A senhorita disse que Lady Ravenscroft era devotada à irmã gêmea. A irmã também era devotada a ela?

— Bem, eu não tive muita oportunidade de julgar. Francamente, acho que a irmã, Dolly, como eles chamavam, era definitivamente perturbada da cabeça. Às vezes agia de uma forma muito peculiar. Era uma mulher ciumenta, e penso que em algum momento ela pensara que estava noiva, ou iria noivar, com o General Ravenscroft. Pelo que entendi, ele se apaixonou por ela primeiro, no entanto, mais tarde seus afetos se voltaram para a irmã, o que foi bom, eu acho, porque Molly Ravenscroft era uma mulher equilibrada e muito gentil. Mas Dolly, eu pensava às vezes que ela adorava a irmã, às vezes que a odiava. Era uma mulher muito enciumada e decidiu que as crianças recebiam afeto demais. Tem alguém que poderia lhe contar sobre isso muito melhor do que eu. Mademoiselle Meauhourat. Ela mora em Lausanne e foi trabalhar para os Ravenscroft cerca de um ano e meio ou dois depois de eu ter que partir. Ficou com eles por alguns anos. Mais tarde, creio que voltou como acompanhante de Lady Ravenscroft quando Celia estava estudando no exterior.

— Eu irei vê-la. Tenho o endereço — disse Poirot.

— Ela sabe muito mais do que eu e é uma pessoa encantadora e confiável. Foi uma tragédia terrível o que aconteceu depois. Se alguém sabe o que levou a isso é ela. É muito discreta. Nunca me contou nada. Se vai lhe contar, eu não sei. Talvez sim, talvez não.

Poirot ficou parado por um momento ou dois olhando para Mademoiselle Meauhourat. Ele se impressionara com Mademoiselle Rouselle, agora também se impressionava com a mulher que o recebia. Ela não era tão formidável, era muito mais jovem, ao menos dez anos, pensou, e era impressionante de uma forma diferente. Era viva, ainda atraente, olhos que o observavam e criavam sua própria opinião, dispostos a recebê-lo, mirando com gentileza aqueles que se aproximavam, mas sem suavidade indevida. Aqui estava alguém, pensou Hercule Poirot, muito notável.

— Sou Hercule Poirot, mademoiselle.

— Eu sei. Estava esperando pelo senhor hoje ou amanhã.

— Ah. Recebeu uma carta minha?

— Não. Sem dúvida ainda está nos correios. Nossos correios andam meio incertos. Não. Recebi uma carta de outra pessoa.

— De Celia Ravenscroft?

— Não. Foi uma carta escrita por alguém próximo a Celia. Um garoto ou rapaz, seja lá como queiramos vê-lo, chamado Desmond Burton-Cox. Ele me preparou para a sua chegada.

— Ah. Entendo. Ele é inteligente e não perde tempo, creio eu. Tinha muita urgência que eu viesse vê-la.

— Foi o que percebi. Há problemas, pelo que entendo. Problemas que ele quer resolver, assim como Celia. E acreditam que o senhor possa ajudá-los.

— Sim, e eles acham que a *senhorita* pode *me* ajudar.

— Estão apaixonados e querem se casar.

— Sim, mas há empecilhos sendo colocados no caminho.

— Ah, pela mãe de Desmond, pelo que presumo. Foi o que ele me fez entender.

— Há circunstâncias, ou houve circunstâncias, na vida de Celia que criaram preconceitos na mãe a respeito do casamento do filho com essa garota em particular.

— Ah. Por causa da tragédia, pois foi uma tragédia.

— Sim, por causa da tragédia. Celia tem uma madrinha, a quem a mãe de Desmond pediu que tentasse descobrir pela sobrinha as circunstâncias exatas nas quais o suicídio ocorreu.

— Não há sentido nisso — respondeu Mademoiselle Meauhourat. Ela gesticulou com a mão. — Sente-se. Por favor, sente-se. Imagino que teremos de falar por um bom tempo. Sim, Celia não poderia dizer à madrinha… Mrs. Ariadne Oliver, a romancista, não é? Sim, eu me lembro. Celia não poderia dar tal informação porque ela própria não a tem.

— Ela não estava presente quando a tragédia ocorreu, e ninguém lhe contou nada a respeito. Correto?

— Sim, correto. Não foi visto como aconselhável.

— Ah. E a senhorita aprova essa decisão, ou a reprova?

— É difícil ter certeza. Muito difícil. Não tive certeza durante todos esses anos que se passaram desde então, e foram muitos anos. Celia, até onde sei, nunca se preocupou. Preocupou-se, quero dizer, em termos do motivo e detalhes. Ela aceitou a notícia como faria com um acidente de avião ou de carro. Algo que resultou na morte dos pais. Ela passou muitos anos em um *pensionnat* no exterior.

— Na verdade, acho que o *pensionnat* era gerido pela senhorita, Mademoiselle Meauhourat.

— Isso é bem verdade. Eu me aposentei recentemente. Uma colega agora está no comando. Mas Celia foi enviada a mim, e pediram que eu lhe encontrasse um bom lugar para dar continuidade a sua educação, já que muitas garotas vêm à Suíça com esse propósito. Eu poderia ter recomendado diversos locais. Naquele momento, aceitei-a no meu próprio.

— E Celia não lhe pediu nada, não demandou informações?

— Não. Foi, veja, antes de a tragédia ocorrer.

— Ah. Eu não havia entendido isso.

— Celia veio para cá algumas semanas antes da tragédia. Na época, eu mesma não estava presente. Ainda estava com General e Lady Ravenscroft. Eu cuidava de Lady Ravenscroft, atuando como acompanhante dela em vez de tutora de Celia, que ainda estava, naquele momento, em outro internato. Mas foi subitamente decidido que Celia fosse à Suíça e terminasse sua educação lá.

— Lady Ravenscroft andava com a saúde ruim, não?

— Sim. Nada muito sério. Nada tão sério quanto ela mesma temera em dado momento. Mas sofrera muito desgaste emocional, choque e preocupação generalizada.

— Mademoiselle continuava com ela?

— Uma irmã que morava em Lausanne recebeu Celia ao chegar e a acomodou na instituição, que era apenas para quinze ou dezesseis meninas, mas ali ela começaria seus estudos e esperaria pela minha volta. Eu retornei cerca de três ou quatro semanas depois.

— Mas estava em Overcliffe quando aconteceu.

— Eu estava em Overcliffe. General e Lady Ravenscroft saíram para caminhar, como de costume. Saíram e não voltaram. Foram encontrados mortos a tiros. A arma foi encontrada junto deles. Ela pertencia ao General Ravenscroft e sempre ficava guardada numa gaveta do escritório. As digitais de ambos foram encontradas na arma. Não havia indicação definitiva de quem a segurara por último. Impressões de ambas as pessoas, levemente borradas, marcavam a arma. A solução óbvia foi um suicídio duplo.

— Mademoiselle não viu motivo para duvidar disso?

— A polícia não viu motivo, até onde sei.

— Ah — disse Poirot.

— Perdão? — perguntou Mademoiselle Meauhourat.

— Nada. Nada. Só algo que refleti comigo mesmo.

Poirot olhou para ela. Cabelo castanho ainda mal tocado pelo grisalho, lábios fechados com firmeza, olhos cinza, um rosto que não revelava emoção. Ela estava em total controle de si mesma.

— Então não pode me contar mais nada?

— Temo que não. Foi muito tempo atrás.

— Mas se lembra da época bastante bem.

— Sim. Não se esquece totalmente de uma coisa tão triste.

— E a senhorita concordou que Celia não deveria saber mais nada sobre os motivos que levaram ao ocorrido?

— Não acabei de lhe dizer que não tinha nenhuma informação a mais?

— A senhorita estava lá, morando em Overcliffe, por algum tempo antes da tragédia, não estava? Quatro ou cinco semanas... Seis semanas, talvez.

— Mais tempo que isso, na verdade. Apesar de ter sido tutora de Celia antes, eu voltei dessa vez, depois de ela voltar para a escola, para ajudar Lady Ravenscroft.

— A irmã de Lady Ravenscroft estava morando com ela também, perto daquela época, não estava?

— Sim. Ela passara algum tempo no hospital, em um tratamento especial. Como demonstrara muita melhora, as autoridades pareceram achar... as autoridades médicas, quero dizer... que seria melhor se ela levasse uma vida normal com seus próprios parentes e a atmosfera de casa. Já que Celia fora estudar no exterior, pareceu um bom momento para Lady Ravenscroft convidar a irmã para ficar com ela.

— Elas gostavam uma da outra, essas duas irmãs?

— Era difícil saber — disse Mademoiselle Meauhourat. Ela franziu as sobrancelhas. Parecia que a pergunta de Poirot despertara seu interesse. — Eu me pergunto, sabe? Já me perguntei tanto desde então, e na época também. Eram gêmeas idênticas. Tinham uma conexão entre elas, uma conexão de dependência mútua e amor e, de muitas formas, eram muito parecidas. Mas também havia formas em que elas não eram parecidas.

— Como assim? Eu ficaria contente em saber exatamente o que quer dizer com isso.

— Ah, isso não tem nada a ver com a tragédia. Nada desse tipo. Mas certamente havia uma falha, digamos assim, física ou mental, como queira chamar... Algumas pessoas hoje em dia têm a teoria de que existe alguma causa física para qualquer tipo de distúrbio mental. Creio que é bem reconhecido pela profissão médica que gêmeos idênticos nascem ou com uma grande conexão entre eles, uma grande semelhança em suas personalidades, que quer dizer que, apesar de poderem ser criados em ambientes separados, as mesmas coisas acontecerão com eles no mesmo momento da vida. Seguirão a mesma tendência. Alguns dos casos citados como exemplo médico parecem um tanto extraordinários. Duas irmãs, uma morando na Europa, digamos na França, a outra na Inglaterra, têm um cachorro da mesma raça que escolheram mais ou menos na mesma data. Elas se casam com homens singularmente semelhantes. Dão à luz uma criança talvez com menos de um mês de diferença. É como se precisassem seguir um padrão onde quer que estejam e sem saber o que a outra está fazendo. Então, há o oposto. Uma espécie de repulsa, quase um ódio, que faz uma gêmea se afastar, ou faz um irmão rejeitar o outro como se buscasse fugir da uniformidade, da semelhança, do reconhecimento, das coisas que têm em comum. E isso pode levar a resultados muito estranhos.

— Eu sei — concordou Poirot. — Já ouvi falar disso. Já vi uma ou duas vezes. Amor pode se transformar em ódio com muita facilidade. É mais fácil odiar onde se amou do que ficar indiferente onde se amou.

— Ah, o senhor sabe — disse Mademoiselle Meauhourat.

— Sim, já presenciei isso não só uma vez, mas diversas. A irmã de Lady Ravenscroft era muito parecida com ela?

— Creio que fosse muito parecida em aparência, mas, se posso dizer, a expressão em seu rosto era muito diferente. Ela vivia em um estado de tensão, ao contrário de Lady Ravenscroft. Sentia grande aversão por crianças. Não sei por quê. Talvez tivesse sofrido um aborto espontâneo algum tempo atrás. Talvez houvesse desejado uma criança e nunca tido uma. Mas nutria um tipo de ressentimento por crianças. Um desgosto.

— Isso levara a um ou dois acontecimentos sérios, não? — perguntou Poirot.

— Alguém lhe contou isso?

— Ouvi coisas das pessoas que conheceram ambas as irmãs quando estavam na Malásia britânica. Lady Ravenscroft estava lá com o marido, e a irmã, Dolly, foi viver com eles. Houve um acidente com uma criança e se pensou que Dolly poderia ter sido parcialmente responsável. Nada foi provado em definitivo, mas, pelo que entendi, o marido de Molly levou a cunhada de volta para a Inglaterra, e ela precisou ir para um manicômio outra vez.

— Sim, acredito que seja um relato muito bom do que houve. Eu não sei de primeira mão, é claro.

— Não, mas há coisas que sabe, creio eu, de primeira mão.

— Se sim, não vejo motivo para trazê-las de volta à mente. Não é melhor deixar as coisas em paz quando enfim foram aceitas?

— Há outras coisas que podem ter acontecido naquele dia em Overcliffe. Pode ter sido um suicídio duplo, pode ter sido um homicídio, podem ter sido diversas outras coisas. Pessoas lhe contaram o que houve, mas acho, por uma pequena frase que acabou de dizer, que a senhorita sabe o que aconteceu naquele dia, e creio que também saiba o que aconteceu, ou começou a acontecer, digamos assim, em algum momento antes disso. Na época em que Celia foi para a Suíça e a senhorita ainda estava em Overcliffe. Eu lhe farei uma pergunta. Gostaria de saber qual seria sua resposta. Não é uma questão de informação direta, é uma questão de dizer em que acredita. Quais eram os sentimentos do General Ravenscroft em relação a essas duas irmãs, as gêmeas?

— Sei o que quer dizer.

Pela primeira vez, seus modos mudaram ligeiramente. Ela não estava mais em guarda; em vez disso, se inclinou para a frente e falou com Poirot quase como se sentisse um alívio em fazê-lo.

— Elas eram ambas lindas — falou — quando jovens. Eu ouvi isso de muitas pessoas. General Ravenscroft se apaixonou por Dolly, a irmã mentalmente afligida. Apesar de ter uma personalidade perturbada, ela era bastante atraente... sexualmente atraente. Ele a amava muito, e então, não sei se descobriu nela alguma característica, algo talvez que o alarmou ou causou repulsa de algum tipo. Talvez tenha visto o começo da insanidade nela, os perigos ligados a ela. Seus afetos foram para a irmã. Ele se apaixonou pela irmã e se casou com ela.

— Ele amou as duas, quer dizer. Não ao mesmo tempo, mas em ambos os casos houve um amor genuíno.

— Ah, sim, ele era devotado a Molly, confiava nela, e ela, nele. Ele era um homem deveras amável.

— Perdão — disse Poirot —, mas creio que a senhorita também estivesse apaixonada por ele.

— O senhor... o senhor ousa me dizer isso?

— Sim. Ouso lhe dizer isso. Não estou sugerindo que tiveram um caso romântico, nada desse tipo. Estou apenas dizendo que o amava.

— Sim — admitiu Zélie Meauhourat. — Eu o amava. De certa forma, ainda o amo. Não há nada de que se envergonhar. Ele confiava em mim e contava comigo, mas nunca esteve apaixonado por mim. É possível amar e servir e ainda ser feliz. Eu não queria mais do que tinha. Confiança, empatia, confiança em mim...

— E a senhorita fez — disse Poirot — o que pôde para ajudá-lo em uma crise terrível em sua vida. Há coisas que não deseja me contar. Há coisas que lhe contarei, coisas que reuni de diversas fontes que encontrei, de que tenho algum conhecimento. Antes de vir vê-la, eu ouvi outras pessoas, pessoas que conheceram não apenas Lady Ravenscroft, não apenas Molly, mas também Dolly. E sei um pouco de Dolly, da tragédia de sua vida, do pesar, da infelicidade e também do ódio, do requinte de maldade, do amor pela destruição que pode ser passado em famílias. Se ela amava o homem de quem estava noiva, deve ter sentido, quando ele se casou com a irmã, quiçá ódio contra a irmã. Talvez ela nunca a tenha perdoado verdadeiramente. Mas e quanto a Molly Ravenscroft? Ela detestava a irmã? Ela a odiava?

— Ah, não — respondeu Zélie Meauhourat —, ela amava a irmã. Ela a amava com um amor muito profundo e protetor. Disso eu sei. Foi ela quem sempre pediu para que a irmã fosse morar com ela. Queria salvar a irmã da infelicidade, do perigo também, porque a irmã com frequência tinha recaídas de perigosos acessos de raiva. Ela tinha medo às vezes. Bem, o senhor sabe o bastante. Já disse que Dolly sofria de um desgosto estranho por crianças.

— Quer dizer que ela não gostava de Celia?

— Não, não, não de Celia. Do outro, Edward. O mais novo. Duas vezes, Edward chegara perto de um acidente. Uma vez com um carro sabotado e outra com um surto de irritação violenta. Sei que Molly ficou contente quando Edward voltou para a escola. Ele era muito jovem, lembre-se, mais do que Celia. Tinha 8 ou 9 anos, na escola preparatória. Era vulnerável. Molly temia por ele.

— Sim — disse Poirot —, consigo entender. Agora, se me permite, falarei de perucas. Perucas. O uso de perucas. Quatro perucas. Isso é muito para uma mulher ter ao mesmo tempo. Sei quais eram, como eram. Sei que era preciso comprar mais, uma francesa ia à loja em Londres, passava as informações e fazia as encomendas. Havia um cão também. Um cão que foi passear no dia da tragédia com o General Ravenscroft e sua esposa. Mais cedo, esse cão, um pouco antes, havia mordido a sua senhora, Molly Ravenscroft.

— Cães são assim — comentou Zélie Meauhourat. — Não devem ser confiados por completo. Sim, eu sei disso.

— E vou lhe contar o que acho que aconteceu naquele dia, e o que acontecera antes disso. Pouco tempo antes disso.

— E se eu não quiser ouvi-lo?

— A senhorita me ouvirá. Pode dizer que o que imaginei é falso. Sim, pode inclusive dizer isso, mas não creio que vá. Estou lhe dizendo, e acredito com todo o meu coração, que o necessário aqui é saber a verdade. Não apenas imaginar, não apenas se perguntar. Há uma garota e um garoto que gostam um do outro e têm medo do futuro pelo que pode haver acontecido e o que poderia ser passado do pai ou da mãe ao filho. Estou pensando na garota, Celia. Uma garota rebelde, espirituosa, talvez difícil, mas inteligente, de boa cabeça, capaz de ser feliz, de ter coragem, mas que precisa... há pessoas que precisam... da verdade. Porque conseguem encarar a verdade sem desalento. Conseguem encarar com a aceitação corajosa que se deve ter na vida se quiser que ela seja minimamente boa. E o rapaz que ela ama, ele quer isso para ela também. A senhorita me ouvirá?

— Sim — disse Zélie Meauhourat, — Estou ouvindo. O senhor entende muito, creio eu, e acho que sabe mais do que eu poderia ter imaginado que saberia. Fale, e eu ouvirei.

Capítulo 20

Tribunal de i nquérito

Mais uma vez, Hercule Poirot estava na beira do penhasco com vista para as rochas abaixo e o oceano quebrando nelas. Ali onde estava, os corpos de um marido e uma esposa haviam sido encontrados. Ali, três semanas antes disso, uma mulher caminhara enquanto dormia e caíra para a morte.

"Por que essas coisas haviam acontecido?" Essa fora a pergunta do Superintendente Garroway.

Por quê? O que levara a isso?

Um acidente primeiro... e três semanas depois, um suicídio duplo. Pecados antigos que haviam deixado sombras longas. Um começo que levara a um final trágico anos mais tarde.

Naquele dia, pessoas se encontrariam ali. Um garoto e uma garota que buscavam a verdade. Duas pessoas que a conheciam.

Hercule Poirot deu as costas para o oceano e retornou pela trilha estreita que levava a uma casa um dia chamada Overcliffe.

Não ficava muito longe. Ele viu carros estacionados na frente de um muro. Viu a silhueta de uma casa contra o céu. Uma casa que estava claramente vazia, que precisava ser repintada. Uma placa de uma agência imobiliária anunciava que "essa propriedade desejável" estava à venda. No portão, a palavra "Overcliffe" tinha sido riscada e substituída pelo nome "Down House". Ele foi ao encontro das duas pessoas que caminhavam em sua direção. Uma era Desmond Burton-Cox, e a outra, Celia Ravenscroft.

— Fiz um pedido à agência imobiliária — contou Desmond — dizendo que queríamos visitá-la, ou como quer que chamem. Tenho a chave, caso queiramos entrar. Mudou de dono duas vezes nos últimos cinco anos. Mas não haveria nada para ver lá dentro agora, haveria?

— Imagino que não — respondeu Celia. — Afinal, já pertenceu a várias pessoas. Um pessoal de sobrenome Archer, que a comprou primeiro, depois outro pessoal chamado Fallowfield, eu acho. Disseram que era solitário demais. E agora esse último pessoal está vendendo também. Talvez fossem assombrados.

— Você acredita mesmo em casas mal-assombradas? — perguntou Desmond.

— Ora, é claro que não acredito de verdade — disse Celia —, mas essa poderia ser, não poderia? Quero dizer, o tipo de coisa que aconteceu, o tipo de lugar que é e tudo…

— Não concordo — falou Poirot. — Houve pesar aqui, e morte, mas também houve amor.

Um táxi descia pela estrada.

— Imagino que seja Mrs. Oliver — disse Celia. — Ela disse que viria de trem e pegaria um táxi na estação.

Duas mulheres saíram do táxi. Uma era Mrs. Oliver, e com ela, uma mulher alta e vestida com elegância. Poirot sabia que ela viria, então não se surpreendeu. Observou Celia para ver se ela teria alguma reação.

— Ah! — Celia deu um impulso para a frente.

Ela foi na direção da mulher com o rosto iluminado.

— Zélie! — exclamou ela. — Mas é *mesmo* Zélie? É mesmo! Ah, estou tão feliz. Eu não sabia que você viria.

— Monsieur Hercule Poirot me pediu para vir.

— Entendo — disse Celia. — Sim, sim, imagino que entenda. Mas eu… eu não… — Ela parou e olhou para o belo rapaz ao seu lado. — Desmond, foi… foi você?

— Sim, Escrevi a Mademoiselle Meauhourat... a Zélie, se eu ainda puder chamá-la assim.

— Vocês dois sempre podem me chamar assim — falou Zélie. — Eu não tinha certeza se queria vir, se seria sábio. Isso eu ainda não sei, mas espero que seja.

— Eu queria *saber* — disse Celia. — Nós dois queremos saber. Desmond achava que você poderia nos contar algo.

— Monsieur Poirot foi me visitar — explicou Zélie. — Ele me convenceu a vir hoje.

Celia entrelaçou o braço com o de Mrs. Oliver.

— Eu queria que você viesse também porque colocou tudo isso em movimento, não foi? Contatou Monsieur Poirot e descobriu algumas coisas por conta própria, não foi?

— Pessoas me contaram coisas — respondeu Mrs. Oliver —, pessoas que eu pensava que poderiam se lembrar de coisas. Algumas delas de fato lembravam. Algumas lembravam corretamente, outras lembravam errado. Isso foi confuso. Monsieur Poirot diz que não importa de verdade.

— Não — confirmou Poirot. — É tão importante conhecer os rumores quanto a verdade. Porque assim você pode descobrir fatos mesmo que não sejam exatamente os fatos corretos ou que não tenham a explicação que pensava. Com o conhecimento que conseguiu de mim, madame, das pessoas que designou como elefantes... — Ele sorriu um pouco.

— Elefantes?! — repetiu Mademoiselle Zélie.

— É como ela os chamou — disse Poirot.

— Elefantes nunca esquecem — explicou Mrs. Oliver. — Essa foi minha ideia inicial. E as pessoas conseguem se lembrar de coisas que aconteceram muito tempo atrás, assim como elefantes. Não todas as pessoas, é claro, mas elas geralmente conseguem se lembrar de *algo*. Havia muitas pessoas que se lembravam. Passei muitas das coisas que ouvi para Monsieur Poirot, e ele... ele fez uma espécie de, ah, se fosse um médico, eu diria que ele fez uma espécie de diagnóstico.

— Eu fiz uma lista — explicou Poirot. — Uma lista de coisas que pareciam apontar para a verdade do que houve todos aqueles anos atrás. Lerei os vários itens para ver talvez se vocês, que estavam envolvidos nisso tudo, sentem que têm algum significado. Vocês podem não ver o sentido ou podem ver de forma clara.

— O que queremos saber é — disse Celia — foi suicídio, ou homicídio? Foi alguém, alguma pessoa de fora, que matou tanto meu pai quanto minha mãe, atirou neles por alguma razão que não conhecemos, algum motivo? Eu sempre imaginei que houvesse algo desse gênero ou similar. É difícil, mas...

— Permaneceremos aqui fora, creio eu — afirmou Poirot. — Não entraremos na casa ainda. Outras pessoas moraram nela, e tem uma atmosfera diferente. Talvez entremos nela se quisermos ao final de nosso tribunal de inquérito aqui.

— É um tribunal de inquérito, é? — perguntou Desmond.

— Sim. Um tribunal de inquérito sobre o que aconteceu.

Ele se aproximou de alguns bancos de ferro próximos ao abrigo de uma grande magnólia perto da casa. Da pasta que carregava, Poirot tirou uma folha de papel escrita. Ele disse a Celia:

— Para você, tem que ser dessa maneira? Uma escolha definitiva. Suicídio ou assassinato.

— Um deles tem que ser verdade — disse Celia.

— Direi a você que ambos são verdade, e mais do que esses dois. Pelas minhas ideias, nós temos aqui não apenas um homicídio como também um suicídio, mas, da mesma forma, temos o que chamarei de uma execução, e também temos uma tragédia. Uma tragédia de duas pessoas que se amaram e que morreram por amor. Uma tragédia de amor nem sempre pertence a Romeu e Julieta, não são apenas os jovens que sofrem das dores do amor e estão prontos para morrer por amor. Não. É mais do que isso.

— Eu não entendo — disse Celia.

— Ainda não.

— Eu vou entender? — perguntou Celia.

— Creio que sim — respondeu Poirot. — Vou lhes contar o que acho que aconteceu e dizer como cheguei a essa conclusão. A primeira coisa que me chamou a atenção foram as questões que não ficaram explicadas pela evidência que a polícia examinou. Algumas eram muito comuns, não eram evidência de nada, você imaginaria. No meio dos pertences da falecida Margaret Ravenscroft havia quatro perucas. — Ele repetiu com ênfase. — *Quatro* perucas. — Ele olhou para Zélie.

— Ela não usava peruca o tempo todo — explicou Zélie. — Apenas de vez em quando. Se ela viajasse ou tivesse saído e ficado muito desgrenhada e quisesse se arrumar às pressas, ou às vezes usava uma apropriada para eventos noturnos.

— Sim — disse Poirot —, estava na moda naquela época em particular. Quando viajavam para o exterior, as pessoas com certeza tinham uma ou duas perucas. Mas em sua posse havia *quatro*. Quatro perucas me pareceram um número bastante alto. Eu me perguntava *por que* ela precisava de quatro. Segundo a polícia, que interroguei, ela não tinha qualquer tendência a calvície; tinha o cabelo normal a uma mulher de sua idade, e em boas condições. Mesmo assim, eu me perguntava sobre elas. Uma das perucas tinha uma mecha grisalha, descobri mais tarde. Foi a cabeleireira dela quem me contou. E outra peruca tinha cachinhos. Esta última era a que ela estava usando no dia de sua morte.

— E isso é significativo de qualquer forma? — perguntou Celia. — Ela poderia estar usando qualquer uma delas.

— Poderia. Também descobri que a governanta contou à polícia que a patroa vinha usando aquela peruca em particular quase o tempo todo durante as últimas semanas antes de morrer. Parecia ser a sua favorita.

— Eu não consigo ver...

— Também houve um ditado que o Superintendente Garroway me disse: "Mesma pessoa, chapéu diferente." Isso me fez pensar furiosamente.

Celia repetiu:

— Eu não vejo...

Poirot disse:

— Também havia a evidência do cão...

— O cão... o que ele fez?

— O cão a mordeu. Diziam que o cão era devotado à sua dona... mas nas últimas semanas da vida dela, o cão se voltou contra ela mais do que uma vez e a mordeu de forma bastante severa.

— Quer dizer que ele sabia que ela iria se suicidar? — Desmond encarou.

— Não, algo muito mais simples do que isso...

— Eu não...

Poirot prosseguiu:

— Não, o cachorro sabia o que ninguém mais pareceu saber. Ele sabia que aquela não era sua dona. Ela se parecia com sua dona... A governanta, que era ligeiramente cega e também surda, via uma mulher que usava as roupas de Molly Ravenscroft e a mais reconhecível das perucas de Molly Ravenscroft, a que tinha cachinhos por toda a cabeça. A governanta comentou que sua senhora andava com um jeito um pouco diferente nas últimas semanas de vida. "Mesma pessoa, chapéu diferente", foi o ditado que Garroway mencionou. E o pensamento, a convicção me veio naquele momento. Mesma *peruca... mulher* diferente. O cão sabia... ele sabia pelo que seu nariz lhe contava. Uma mulher diferente, não aquela que ele amava, mas outra que temia e desprezava. E eu pensei: imagine se aquela mulher não fosse Molly Ravenscroft... mas quem ela poderia ser? Poderia ser Dolly, a irmã gêmea?

— Mas isso é impossível — disse Celia.

— Não... não era impossível. Afinal de contas, lembre-se de que elas eram gêmeas. Agora devo chegar aos fatos que foram trazidos à minha atenção por Mrs. Oliver. As coisas que as pessoas lhe contaram ou sugeriram. A informação que Lady Ravenscroft sugerira a ela. O conhecimento de que Lady

Ravenscroft estivera recentemente em um hospital ou em uma casa de repouso e que ela talvez houvesse descoberto que sofria de câncer ou pensava sofrer. Não havia evidência médica de acordo, no entanto. Mesmo assim, ela poderia ter pensado que sofria, mas não era o caso. Então descobri de pouco em pouco o começo da sua história e de sua gêmea, que se amavam de forma muito devotada como gêmeas fazem, agiam parecido, usavam roupas parecidas, as mesmas coisas lhes pareciam acontecer, tinham doenças ao mesmo tempo, se casaram ao mesmo tempo ou em datas não muito distantes uma da outra. E, mais cedo ou mais tarde, como muitos gêmeos fazem, ao invés de querer fazer tudo da mesma forma e da mesma maneira, elas decidiram fazer o oposto. Ser o mais distintas uma da outra que conseguiam. E mesmo entre elas surgiu uma certa quantidade de desdém. Mais do que isso. Havia um motivo no passado para tal. Alistair Ravenscroft, quando rapaz, se apaixonou por Dorothea Preston--Grey, a gêmea mais velha. Mas seu afeto se transferiu para a outra irmã, Margaret, com quem ele se casou. Houve ciúme na época, sem dúvida, que levou a um distanciamento entre as irmãs. Margaret continuou a ser profundamente apegada à gêmea, mas Dorothea não era mais devotada de forma alguma a Margaret. Essa me pareceu ser a explicação de muitas coisas. Dorothea era uma figura trágica. Por nenhuma culpa dela, mas sim de um acidente genético, de nascença, de hereditariedade, ela sempre foi mentalmente instável. Ainda muito jovem ela já demonstrava, por algum motivo que nunca foi esclarecido, um desprezo por crianças. Há inúmeros motivos para crer que uma criança chegou à morte por ação dela. A evidência não era definitiva, mas foi definitiva o suficiente para um médico aconselhar que ela recebesse tratamento mental, e por alguns anos, ela foi tratada em um hospício. Quando os médicos a diagnosticaram como curada, ela voltou à vida normal, ia com frequência ficar com a irmã e foi para a Malásia britânica na época em que estavam morando lá. Então, outra vez, um acidente ocorreu. O filho de um vizinho. E, de novo, apesar de não haver prova definitiva, parece que Dorothea poderia ter sido a responsável. General Ravenscroft a levou de volta para a Inglaterra e ela foi posta novamente sob cuidado médico. Mais uma vez, ela pareceu estar curada e, depois de tratamento psiquiátrico, foi sugerido que ela saísse mais uma vez e retomasse uma vida normal. Margaret acreditava que tudo sairia bem dessa vez e pensava que ela deveria morar com eles para que pudessem observá-la de perto em busca de qualquer sinal de incapacidade mental. Eu não acho que o General Ravenscroft tenha aprovado a decisão. Acho que tinha uma crença muito forte de que, assim como alguém poderia nascer deformado, espástico ou aleijado de alguma forma, ela tinha uma deformidade do cérebro que poderia recorrer de tempos em tempos e que precisaria ser constantemente vigiada e salva de si mesma caso outra tragédia acontecesse.

— Está dizendo — perguntou Desmond — que foi *ela* quem atirou nos Ravenscroft?

— Não — respondeu Poirot —, essa não é minha solução. O que acho que houve foi que Dorothea matou a própria irmã, Margaret. Elas estavam caminhando juntas na beira do penhasco um dia, e Dorothea empurrou Margaret. A obsessão dormente de ódio e ressentimento pela irmã que, apesar de tão parecida com ela, era sã e saudável, foi demais para ela. Ódio, ciúme, desejo de matar, tudo isso subiu à superfície e a dominou. Acho que havia uma pessoa de fora que sabia, que estava aqui na época do ocorrido. Eu acho que a *senhorita* sabia, Mademoiselle Zélie.

— Sim — disse Zélie Meauhourat. — Eu sabia. Eu estava aqui na época. Os Ravenscroft andavam preocupados com ela. Foi quando viram sua tentativa de ferir o filho menor, Edward. Ele foi enviado de volta para a escola, e eu e Celia fomos para meu *pensionnat*. Eu voltei para cá... depois de ajudar Celia a se estabelecer. Uma vez que a casa estava va-

208   · AGATHA CHRISTIE ·

zia exceto por mim mesma, General Ravenscroft, Dorothea e Margaret, ninguém mais demonstrava ansiedade. Então, um dia, *aconteceu*. As duas irmãs saíram juntas. Dolly voltou sozinha. Parecia estar em um estado muito estranho e nervoso. Entrou e se sentou à mesa de chá. Foi então que o General Ravenscroft notou que sua mão direita estava coberta de sangue. Perguntou se ela havia caído. Ela respondeu: "Ah, não, não foi nada. Nada mesmo. Eu me arranhei numa roseira." Mas não havia roseiras naquela área. Foi uma desculpa totalmente esfarrapada, e nós nos preocupamos. Se ela tivesse dito que se arranhara num tojo, nós poderíamos ter aceitado o comentário. O General Ravenscroft saiu e eu segui. Ele ficou dizendo enquanto caminhava: "Alguma coisa aconteceu com Margaret. Tenho certeza de que alguma coisa aconteceu com Molly." Nós a encontramos em uma saliência um pouco abaixo do penhasco. Tinha sido açoitada com pedras e rochas. Não estava morta, mas sangrava horrivelmente. Por um momento, mal soubemos o que poderíamos fazer. Não ousamos movê-la. Precisávamos arrumar um médico, nós sentíamos, de imediato, mas antes que pudéssemos fazê-lo, ela se agarrou ao marido. Ela disse, arquejando: "Sim, foi Dolly. Ela não sabia o que estava fazendo. Ela não *sabia*, Alistair. Você não deve fazê-la pagar por isso. Ela nunca entendeu bem as coisas que faz ou por quê. Não consegue se conter. Nunca conseguiu se conter. Você deve me prometer, Alistair. Acho que estou morrendo agora. Não... não, nós não teremos tempo para arrumar um médico, e um médico não poderia fazer nada. Eu fiquei aqui deitada sangrando até agora... e estou muito perto de morrer. Eu sei disso, mas me prometa. *Prometa* que vai salvá-la. Prometa que não vai deixá-la ser presa. Prometa que ela não vai ser julgada por me matar, nem trancada pelo resto da vida como uma criminosa. Esconda meu corpo em algum lugar para que não o encontrem. Por favor, por favor, é a última coisa que lhe peço. Você, que eu amo mais do que tudo. Se eu pudesse viver por você, eu viveria, mas eu não vou conseguir. Posso sentir. Eu me arrastei um pouco, mas foi tudo que consegui. Prometa. E você, Zélie, você me ama também. Eu sei. Você me amou e tem sido boa e cuidou sempre de mim. E você amou as crianças, então *deve* salvar Dolly. Vocês devem salvar a pobre Dolly. Por favor, por favor. Por todo o amor que temos uns pelos outros, Dolly deve ser salva.

— E então — disse Poirot. — O que fizeram? Parece-me que precisaram, de alguma forma entre vocês...

— Sim. Ela morreu, sabe? Ela morreu cerca de dez minutos depois dessas últimas palavras, e eu o ajudei. Eu o ajudei a esconder o corpo. Foi num lugar um pouco mais para baixo do penhasco. Nós a levamos para lá, e havia pedras, rochas e seixos, e nós cobrimos o corpo da melhor forma que conseguimos. Não havia uma trilha até lá, ou nenhuma maneira de chegar. Tivemos que ir nos arrastando. Nós a colocamos ali. Tudo que Alistair dizia sem parar era: "Eu prometi a ela. Eu preciso manter minha palavra. Não sei como fazer isso. Não sei como qualquer pessoa poderia protegê-la. Não sei. Mas..." Bem, nós o fizemos. Dolly estava na casa. Ela estava assustada, desesperada de pavor... mas, ao mesmo tempo, demonstrava um tipo horrível de satisfação. Ela dizia: "Eu sempre soube, eu soube por anos que Molly era de fato má. Ela roubou você de mim, Alistair. Você era meu, mas ela me tirou de você e fez você casar com ela, e eu sempre soube. Agora estou com medo. O que vão fazer comigo... O que vão dizer? Eu não posso ficar trancafiada de novo. Não posso, não posso. Eu enlouquecerei. Você não vai me deixar ser presa. Eles vão me levar embora e dizer que sou culpada por homicídio. Não foi homicídio. Eu só precisava fazer isso. Às vezes, preciso fazer coisas. Eu queria ver o sangue, sabe? Mas eu mal consegui esperar para ver Molly morrer. Eu fugi. Mas sabia que ela morreria. Só esperava que vocês não a encontrassem. Ela só caiu do penhasco. As pessoas diriam que foi um acidente."

— Que história horrível — disse Desmond.

— Sim — concordou Celia —, é uma história horrível, mas é melhor saber. É melhor saber, não é? Eu mal consigo sentir pena dela. Quero dizer, da minha mãe. Sei que ela era gentil. Sei que não havia traço de maldade nela, ela era boa por inteiro, e sei, posso entender, por que meu pai não quis se casar com Dolly. Ele queria se casar com minha mãe porque a amava e já descobrira àquela altura que havia algo de errado com Dolly. Algo errado e deturpado. Mas como... como vocês fizeram tudo isso?

— Contamos umas boas mentiras — respondeu Zélie. — Torcemos para que o corpo não fosse encontrado, de forma que mais tarde, talvez, pudesse ser removido durante a noite ou algo assim para algum lugar em que poderia parecer que ela havia caído no oceano. Mas então pensamos na história do sonambulismo. O que precisávamos fazer era efetivamente muito simples. Alistair disse: "É assustador. Mas eu prometi... Jurei para Molly enquanto ela morria. Jurei que faria como ela pediu... Há uma forma, uma forma possível de salvar Dolly, se apenas Dolly puder fazer a parte dela. Não sei se ela é capaz disso." Eu perguntei: "Fazer o quê?" E Alistair respondeu: "Fingir que é Molly, e que foi Dorothea quem caiu para a morte durante um episódio de sonambulismo."

"Nós providenciamos tudo — continuou ela. — Levamos Dolly para um chalé vazio que conhecíamos e ficamos com ela ali por alguns dias. Alistair disse que Molly fora levada para o hospital sofrendo de choque depois de descobrir que sua irmã havia caído de um penhasco durante um episódio de sonambulismo. Então nós trouxemos Dolly de volta... trouxemos de volta como Molly, usando as roupas de Molly e a peruca de Molly. Comprei perucas a mais, do tipo cacheado que realmente a disfarçava. A pobre velha governanta, Janet, não enxergava muito bem. Dolly e Molly eram de fato muito parecidas, sabe, assim como suas vozes. Todos aceitaram com bastante facilidade que aquela era Molly, se comportando de uma forma bastante peculiar de vez em quando porque ainda sofria de choque. Tudo pareceu muito natural. Essa foi a parte horrível da situação..."

— Mas como ela conseguiu manter o papel? — perguntou Celia. — Deve ter sido pavorosamente difícil.

— Não... ela não achou difícil. Veja, ela conseguira o que queria, o que sempre quisera. Ela conseguira Alistair...

— Mas Alistair... como *ele* aguentou?

— Ele me contou por que e como... no dia em que organizou minha volta para a Suíça. Ele me contou o que eu precisava fazer e então me contou o que *ele* faria. Falou: "Só me resta fazer uma coisa. Eu prometi a Margaret que não entregaria Dolly à polícia, que ninguém mais saberia que ela era uma assassina, que as crianças nunca saberiam que tinham uma tia assassina. Ninguém deveria saber nunca que Dolly cometeu homicídio. Ela caminhava enquanto dormia e caiu de um penhasco... Um acidente triste, e ela será enterrada aqui na igreja, sob seu próprio nome.

"'Como você pode permitir isso?', perguntei a ele... Eu não conseguiria aguentar. Ele disse: 'Por causa do que eu vou fazer... Você precisa saber.' 'Veja bem', falou ele. 'Dolly tem que ser impedida de viver. Se ela ficar perto de crianças, vai tomar mais vidas... Pobre alma, não tem como viver no mundo. Mas você deve entender, Zélie, que, por causa do que vou fazer, devo pagar com minha vida também... Viverei aqui em silêncio por algumas semanas, com Dolly fazendo o papel de minha esposa, então haverá outra tragédia...'

"Eu não entendi o que ele queria dizer — prosseguiu ela. — Perguntei: 'Outro acidente? Sonambulismo de novo?' E ele disse: 'Não... o que será sabido pelo mundo é que eu e Molly cometemos suicídio. Não imagino que jamais saberão o motivo. Podem pensar que é porque ela estava convencida de que tinha câncer, ou que eu estivesse... Todo o tipo de coisa pode ser sugerido. Mas veja, você deve me ajudar, Zélie. Você é a única pessoa que realmente me ama, realmente ama

Molly e as crianças. Se Dolly tem que morrer, eu sou a única pessoa que deve fazer isso. Ela não vai ficar infeliz ou assustada. Eu atirarei nela e então em mim mesmo. As digitais dela aparecerão na arma porque ela mexeu nela não muito tempo atrás, assim como as minhas. A justiça tem que ser feita e eu preciso ser o executor. A coisa que quero que saiba é que eu de fato amei, e ainda amo, as duas. Molly mais do que minha vida. Dolly porque tenho tanta pena dela pelo que nasceu para se tornar. Sempre se lembre disso...'

Zélie se levantou e foi até Celia.

— Agora você sabe a verdade — falou. — Prometi ao seu pai que você nunca saberia... Quebrei minha palavra. Nunca quis revelar isso a você ou a ninguém. Monsieur Poirot fez com que eu me sentisse diferente. Mas... é uma história tão terrível...

— Entendo como se sentia — disse Celia. — Talvez estivesse certa, do seu ponto de vista, mas eu... eu estou contente de saber, porque agora um grande fardo parece ter sido tirado de minhas costas.

— Porque agora — completou Desmond — nós dois sabemos. E nunca nos importaremos de ter descoberto. *Foi* uma tragédia. Como Monsieur Poirot aqui disse, foi uma tragédia real de duas pessoas que se amavam. Mas eles não se mataram porque se amavam. Uma foi assassinada, e o outro executou uma assassina pelo bem da humanidade, para que nenhuma outra criança sofresse. Seria possível perdoá-lo se ele tivesse errado, mas não creio que *tenha* errado, de verdade.

— Ela sempre foi uma mulher assustadora — disse Celia. — Mesmo quando eu era criança, tinha medo dela, mas não sabia por quê. Mas agora sei. Acho que meu pai foi um homem corajoso de fazer o que fez. Ele fez o que minha mãe lhe pediu, lhe implorou com seu último suspiro. Salvou a irmã gêmea dela, a qual creio que ela sempre amara muito profundamente. Gosto de pensar que... ah, parece tão tolo da

minha parte... — Ela olhou, hesitante, para Hercule Poirot.
— Talvez vocês não pensem assim. Imagino que sejam católicos, mas é o que está escrito em seus túmulos: "Na morte não foram separados." Não quer dizer que morreram juntas, mas creio que *estejam* juntas. Acho que se uniram depois. Duas pessoas que se amavam muito, e minha pobre tia, por quem vou tentar sentir mais compaixão do que jamais tive, não precisava sofrer pelo que talvez não conseguisse evitar. Notem — falou Celia, de súbito voltando à voz normal do dia a dia —, ela não era uma pessoa boa. É inevitável desprezar pessoas que não são boas. Talvez ela *pudesse* ter sido diferente se tentasse, mas talvez não conseguisse. E, se sim, há que se pensar dela como alguém muito doente... Como alguém, por exemplo, que teve uma peste contagiosa em um vilarejo e não a deixavam sair nem se alimentar nem se misturar com outras pessoas porque o vilarejo inteiro morreria. Algo assim. Mas vou tentar sentir piedade dela. E minha mãe e pai... não me preocupo mais com eles. Eles se amavam tanto e amavam a pobre, infeliz e odiosa Dolly.

— Acho, Celia — disse Desmond —, que é melhor nos casarmos o quanto antes. Posso lhe dizer uma coisa: minha mãe nunca ouvirá nada a respeito disso. Ela não é minha mãe de verdade e não é alguém a quem posso confiar esse tipo de segredo.

— Tenho bons motivos para acreditar que sua mãe adotiva, Desmond — falou Poirot —, desejava muito ficar entre você e Celia e tentou influenciá-lo com a ideia de que a mãe e o pai dela poderiam ter lhe passado alguma característica terrível. Mas você sabe, ou pode não saber e não vejo motivo para não lhe contar, que vai herdar da sua mãe verdadeira que morreu não muito tempo todo o dinheiro dela... Você herdará uma quantia bastante considerável quando fizer 25 anos.

— Se eu me casar com Celia, é claro que precisarei do dinheiro para nos sustentar — declarou Desmond. — Eu entendo bem. Sei que minha atual mãe adotiva gosta muito de dinheiro e com frequência eu lhe empresto dinheiro, mesmo agora. Ela sugeriu que eu visitasse um advogado outro dia porque disse que era muito perigoso para mim, agora que tenho 21 anos, deixar de fazer um testamento. Imagino que pensasse que conseguiria o dinheiro. Eu havia pensado em, provavelmente, deixar quase todo o dinheiro para ela. Mas, é claro, agora que Celia e eu vamos nos casar, eu o deixarei para Celia... Além disso, não gostei da forma como minha mãe tentou me colocar contra Celia.

— Acho que suas suspeitas são totalmente corretas — respondeu Poirot. — Ouso dizer que ela pode afirmar para si mesma que queria o seu melhor, que a origem de Celia é algo que você deveria saber se houvesse um risco a assumir, mas...

— Tudo bem — disse Desmond —, mas... sei que estou sendo mal-agradecido. Afinal, ela me adotou e me criou e tudo mais e, ouso dizer, se há dinheiro suficiente, posso deixar um pouco para ela. Celia e eu ficaremos com o resto e seremos felizes juntos. Afinal, há coisas que nos deixarão tristes de tempos em tempos, mas não nos preocuparemos mais, não é, Celia?

— Não — concordou Celia —, nunca vamos nos preocupar de novo. Acho que foram pessoas bastante esplêndidas, meu pai e minha mãe. Mamãe tentou cuidar da irmã durante a vida toda, mas imagino que essa fosse uma tarefa um pouco frustrada. Não podemos impedir que as pessoas sejam como são.

— Ah, minhas queridas crianças — disse Zélie. — Perdão por lhes chamar de crianças, porque não o são. Vocês são um homem e uma mulher. Eu sei disso. Estou tão contente de ter revisto vocês dois e saber que não causei mal algum no que fiz.

— Você não fez mal algum, de forma nenhuma, e é adorável vê-la, querida Zélie. — Celia se aproximou e a abraçou. — Sempre tive um carinho enorme por você.

— E eu também — disse Desmond. — Quando eu morava na casa ao lado. Você fazia brincadeiras adoráveis conosco.

Os dois jovens se viraram.

— Obrigado, Mrs. Oliver — falou Desmond. — A senhora tem sido muito boa, e trabalhou muito. Consigo ver. Obrigado, Monsieur Poirot.

— Sim, obrigada — disse Celia. — Sou muito grata.

Eles andaram para longe e os outros o observaram partir.

— Bem — disse Zélie. — Devo partir agora. — Ela disse para Poirot: — E você? Vai contar a alguém a respeito disso?

— Há uma pessoa para quem eu talvez conte em segredo. Um policial reformado. Ele não serve mais à polícia. Está completamente aposentado. Acho que não sentiria que é seu dever interferir com o que o tempo já apagou. Se ele ainda estivesse servindo, seria diferente.

— É uma história terrível — comentou Mrs. Oliver —, terrível. E todas aquelas pessoas com quem falei... sim, posso ver agora, todas se lembravam *de algo*. Algo que foi útil em nos mostrar a verdade, apesar de ser difícil encaixar as peças. Exceto por Monsieur Poirot, que sempre consegue encaixar as coisas mais extraordinárias. Como perucas e gêmeas.

Poirot caminhou até Zélie, que admirava a vista.

— Você não me culpa — disse ele — por a ter procurado e persuadido a fazer o que fez?

— Não. Estou contente. Você estava certo. Eles são adoráveis, esses dois, e combinam bem, creio eu. Serão felizes. Estamos aqui, onde dois amantes viveram um dia. Onde dois amantes morreram, e eu não o culpo pelo que fez. Pode ter sido errado. Imagino que tenha sido errado, mas não posso culpá-lo. Acho que foi uma ação corajosa, mesmo que errada.

— Você o amava também, não? — perguntou Hercule Poirot.

— Sim. Sempre. Assim que cheguei à casa. Eu o amava profundamente. Não acho que ele soubesse. Nunca houve qualquer coisa, como se diz, entre nós. Ele confiava em mim e gostava de mim. Eu amava os dois. Tanto ele quanto Margaret.

— Há algo que eu gostaria de lhe perguntar. Ele amava Dolly assim como Molly, não amava?

— Até o final da vida. Amava as duas. E é por isso que estava disposto a salvar Dolly. Porque Molly desejava que ele o fizesse. Quem ele mais amava entre as duas irmãs? Eu me pergunto. Essa é uma coisa que eu talvez nunca saiba — disse Zélie. — Eu nunca soube... e talvez nunca saiba.

Poirot olhou para ela por um momento, então se virou. Ele se juntou a Mrs. Oliver.

— Vamos voltar a Londres de carro. Precisamos voltar ao dia a dia, esquecer tragédias e casos amorosos.

— Elefantes nunca esquecem — disse Mrs. Oliver —, mas nós somos seres humanos, e, misericordiosamente, seres humanos podem esquecer.

Notas sobre
Elefantes nunca esquecem

Este é o 73º livro de Agatha Christie. Foi o último livro da autora em que o detetive Hercule Poirot e a escritora Ariadne Oliver trabalharam juntos, marcando a última aparição desta personagem. Hercule Poirot ainda voltaria para estrelar uma coletânea de seus primeiros casos (já publicados em diversos meios) e *Cai o pano*, seu último livro. Porém, como este foi escrito durante a década de 1940, isso torna *Elefantes nunca esquecem* o último texto de Agatha Christie com seu mais famoso personagem.

O *pompadour*, citado na página 9, é um topete alto e pomposo que surgiu na França do século XVIII e foi batizado em homenagem a Madame Pompadour, amante de Luís XV. No século XIX, o penteado voltou a ser usado na época da Primeira Guerra, popularizado por *pin-ups* e revistas de moda. Anos mais tarde, na década de 1950 e 1960, homens como Elvis Presley e James Dean adotaram o visual, que se tornou um símbolo de estilo e atitude.

Kirsch, ou kirschwasser, bebida citada na página 26, é uma aguardente típica da Alemanha que se obtém através da destilação da cereja.

Na página 39, depois de passar a mão pelo cabelo, que são naturalmente volumosos, Mrs. Oliver fica parecendo João Felpudo, personagem cabeludo de um livro infantil clássico criado pelo médico alemão Heinrich Hoffmann em 1844. O livro é uma coletânea ilustrada de histórias em versos sobre lendas um tanto assustadoras com o intuito de passar lições de obediência para as crianças.

Publicada pela primeira vez em 1856, *Enquire Within Upon Everything*, citada nas páginas 43 e 44, é uma enciclopédia que ficou muito famosa na Inglaterra vitoriana por abordar os mais diversos temas cotidianos, desde regras de etiqueta, dicas para se livrar de uma dor de cabeça, lições de dança e até instruções sobre como arrumar um casamento.

No Capítulo 5, Garroway e Spence relembram casos também vividos por Poirot em outros romances de Agatha Christie: *Os cinco porquinhos*, publicado em 1925, sobre a jovem que procura o detetive para solucionar o crime do qual sua mãe foi acusada; *A noite das bruxas*, de 1969, sobre uma menina que presencia um assassinato em uma festa; e *A morte de Mrs. McGinty*, de 1952, em que Spence e Poirot investigam o assassinato de uma senhora. Nestes dois últimos há a participação também de Mrs. Oliver. *Os cinco porquinhos* volta a ser mencionado na página 117.

Na página 73, Spence faz referência a dois trechos de Sherlock Holmes, a primeira do conto "Os seis Napoleões", e a segunda do conto "O Estrela de Prata".

Na página 77, Mrs. Olive cita uma dança folclórica irlandesa que surgiu no século XIX e hoje é conhecida como Lancers. É semelhante à quadrilha, mas a performance é feita por quatro casais que dançam uma sequência de cinco músicas repetidas quatro vezes, de forma que cada casal tenha seu momento de destaque.

O termo *memsahibs*, citado na página 128, é usado para se referir a mulheres europeias na Ásia.

A bebida a que Garroway se refere na página 135, tisana, é uma infusão de todas as partes das plantas — incluindo flores, sementes, gravetos — que se difere do chá, que é apenas a bebida extraída da folha.

Na página 135, Poirot se compara a personagens de Rudyard Kipling, criador de Mogli, o famoso menino que cresce com lobos em *O livro da selva*. Na conversa, o detetive faz uma clara referência à obra infantil *O filhote de elefante*, que conta a história de um elefante dotado de uma curiosidade insaciável.

South Downs, paisagem que Poirot observa na página 186, é uma extensão de colinas de giz na costa sudoeste da Inglaterra.

Por todo o livro, há menções de que Mrs. Burton-Cox não é a "mãe verdadeira" de Desmond por ser sua mãe adotiva. Embora esse seja considerado um pensamento ultrapassado hoje em dia, já foi comum desconsiderar o valor da adoção, dando preferência aos pais biológicos. No entanto, aqui e em outros livros dessa coleção, optamos por respeitar o texto original, mesmo com pensamentos e opiniões já superados socialmente.

Este livro foi impresso pela Braspor,
em 2024, para a HarperCollins Brasil.
A fonte usada no miolo é Cheltenham, corpo 9,5/13,5pt.
O papel do miolo é pólen bold 70g/m²,
e o da capa é couché 150g/m².